산다는 것

노을 진 언덕에 서서

산다는 것

발행일	2021년 3월 19일

지은이	황정구		
펴낸이	손형국		
펴낸곳	(주)북랩		
편집인	선일영	편집	정두철, 윤성아, 배진용, 김현아, 이예지
디자인	이현수, 한수희, 김민하, 김윤주, 허지혜	제작	박기성, 황동현, 구성우, 권태련
마케팅	김회란, 박진관		
출판등록	2004. 12. 1(제2012-000051호)		
주소	서울특별시 금천구 가산디지털 1로 168, 우림라이온스밸리 B동 B113~114호, C동 B101호		
홈페이지	www.book.co.kr		
전화번호	(02)2026-5777	팩스	(02)2026-5747

ISBN	979-11-6539-671-8 03810 (종이책)	979-11-6539-672-5 05810 (전자책)

(주)북랩 성공출판의 파트너
북랩 홈페이지와 패밀리 사이트에서 다양한 출판 솔루션을 만나 보세요!
홈페이지 book.co.kr • **블로그** blog.naver.com/essaybook • **출판문의** book@book.co.kr

황정구 지음

노을 진 언덕에 서서

산다는 것

북랩 book Lab

"복숭아꽃 살구꽃 그리고 라일락, 사향장미가 연달아 피는 봄, 이러한 봄을 마흔세 번이나 누린다는 것은 작은 축복이 아니다." 라고 한 피천득 교수의 글을 읽은 적이 있다. 그러니 43번의 두 배에 가까운 80번의 봄을 누리고 있는 나는 대단한 축복을 받은 셈이라 할 수도 있겠다.

전쟁이 났다 하면 백만대군을 들먹이는 과장 문화의 대표주자 격인 중국인들도 세월에 대한 비유는 서구인(西區人)의 그것을 따라잡지 못하는 것 같다. 우리나라와 중국 사람들은 "세월은 유수(流水)와 같다."라고 표현하나 영어권에서는 "세월은 날아가는 화살과 같다(Time flies like an arrow)."라고 표현한다. 아마 연세가 지긋하신 분들은 후자의 표현에 더 공감하실 것이다.

내 나이 벌써 한 살 모자라는 80이다. 한국전력기술㈜ 울진 원자력발전소 현장소장으로 재직할 때는 인격수양(修養)의 일환으로, 은퇴 후는 취미생활로, 그다음은 육체의 퇴화와 더불어 찾아온 질병고통 치유방편으로, 50세 중반부터 30년 가까이 이어온 독서 생활도 이런저런 이유로 이제는 접어야 할 때가 온 것 같다.

　나이를 먹다 보니 아무리 잘 수리하고 관리하며 사용한다 해도 수명 연한이 가까워서인지 육체의 기능이 떨어져, 여기저기 삐그덕 소리가 나며, 이곳을 누르면 저곳이 튀어나오고 저곳을 누르면 또 다른 곳이 튀어나오는 풍선 효과처럼, 이곳을 수리하면 저곳이 아프고 그곳을 수리하면 또 다른 곳의 통증이 엄습한다.

　폐차가 가장 효율적인데 인간은 자동차만도 못해 폐차도 마음대로 할 수 없다. 아픈 곳과 아픈 종류가 너무 많아 병원에 가서도 아픈증상을 모두 털어놓기가 민망할 지경이고, 의사 선생님들도 노인네의 푸념 정도로 흘려듣는 것 같기도 하고, 설령 치료를 받는다고 해도 이 나이에는 불가역적(不可逆的)이고 임시방편일 뿐이라는 생각이 들어 웬만한 종류의 아픔은 친구 삼아 지내고 있다.

아침 7시 20분이면 나는 에너지 충전소요, 마음의 안식처요, 고통의 치유소요, 사색의 장소인 대치동 문화센터 도서관으로 향한다.

일단 독서대에 책을 펼쳐놓고 읽노라면 어느새 육신의 고통은 사라지고, 때때로 손녀에게 전하고 싶은 말이 떠오르기도 하여 메모도 하게 된다.

미국에는 독서와 글쓰기를 통해 고통을 치료하는 문학치료협회(National Association for Poetry Therapy)가 있어 열심히 독서와 글쓰기를 장려하고 있다고 한다. 그만큼 독서와 글쓰기는 질병 치료에, 고통완화에 큰 효과가 있다는 증거다.

고통이라 해도 대부분은 병원에 가지 않고도 참을 수 있고, 어떤 것에 집중하면 잊을 수 있는 정도의 크기이므로, 나에게 고통은 오히려 독서와 글쓰기와 깊은 사색의 시간을 갖게 해줄 뿐 아니라 어려움을 인내하며 극복하는 힘을 주며 축복된 미래(본향)를 소망할 줄 아는 성숙한 삶을 살 수 있도록 해주는 축복이라고 말할 수도 있을 것 같다.

나에게는 두 손녀 은지(恩智)와 민지(旼智)가 있다.

두 손녀는 이 세상에서 가족으로서의 행복한 삶을 누리는 데도 기쁨이 되지만, 내 육신의 삶이 끝난 후 영생(永生)이라는, 영적 영속성(靈的永續性)을 이어받는 하나님의 선물이란 점에서 더없는 큰 기쁨이요, 할아버지에게 새로운 삶의 의욕을 느끼게 하고, 존재의 이유를 깨닫게 하는 행복의 원천이기도 하다.

손녀는 할아버지에게 있어서 내리사랑의 결정체이고 분신과 같은 존재로, 손녀를 볼 때마다 돌아가신 나의 할아버지 생각이 나곤 한다. 할아버지도 내게 이와 똑같은 사랑을 주셨을 것이다. 나에게 후회되고 아쉬움이 남는 일 중 하나가 할아버지 생애에 대해 너무 무지했던 일이다.

기독교 가정에서 자란 할아버지는 일제 강점기 말 보국대(保國隊)에 다녀오신 다음부터 약주를 들기 시작하셨고 밖으로만 나도는 생활을 하셨다는 것밖에는 어떠한 삶을 사셨는지 일절 알려지지 않은 채 내가 미국에서 연수 생활을 하던 중에 하늘나라로 가셨다.

이 글은 이 생에서 삶을 정리할 시간적 여유가 점점 줄어드는 가운데 이제는 손녀에게 할아버지가 살아온 발자취와 품고 있던 생각들을 전했으면 하는 생각으로 고통을 친구 삼아 틈틈이 몇 자씩 적어놓은 모두 오래된 내용들이다.

시시각각으로 급변하는 시대에, 이제는 교과서에서조차 사라져 가는, 공감을 느낄 수도 없고, 이해도 되지 않는, 반세기가 넘는 오래된 이야기를 쓰다가 문득 읽히지도 않을 텐데 하는, 중단하고 싶은 마음도 들었으나 그래도 기록으로 남겨 두면 언젠가는 이야깃거리의 소재로라도 활용될 수도 있지 않을까 하는 생각에 계속 이 글을 썼다.

원래는 틈틈이 기록한 '노트' 자체를 손녀에게 전하려고 했는데 우연히 이 글을 보게 된 둘째 아들 내외가 활자화(活字化)하자고 하는 말에, 그리고 "책을 남기는 것은 자식들에게 가문의 역사를 전하는 일이다."라고 한 소노 아야코로(『나는 이렇게 살았다』의 저자) 씨의 말에 용기를 얻어 출판을 결심하게 되었으며 다만 아무리 개인의 일기 정도 수준의 글이라 해도 기승전결(起承轉結)을 모르는 무지함의 부끄러움은 감수하기로 했다.

비록 졸필이지만 이 글을 남길 수 있는 것도 고통의 산물이라고 생각하니 "모든 것이 합력하여 선을 이룬다."라는 말씀이 진정으로 와닿는다. 아직도 독서를 할 수 있는 시력에 감사하고, 불평 한마디 없이 절판되어 구하기 힘든 책도 온라인으로 여기저기, 각방으로 검색하여 대신 구해주는 아내에게 감사하고, 책 때문에 집이 거의 창고 수준인데도 불평하지 않고 참고 있는 가족과 큰며늘아기 수혜에게도 감사하고, 틈틈이 써낸 낙서 수준의 편린(片鱗)들을 모아 책으로 출간하도록 용기를 주고 감수를 해준 둘째와 며늘아기 혜진이에게도 감사한 마음이다.

여러 번의 위기, 고통의 순간순간마다 내가 존재해야 할 이유를 제공해준 모든 가족과 특히 옆에서 아픔을 같이해주면서도 "그 정도의 아픔은 누구나 다 가지고 있어요. 엄살 부리지 말아요."라며 반어법 격려를 해주는 아내 이유화 권사에게 무한한 고마움을 표한다.

우리가 알거니와 하나님을 사랑하는 자 곧 그의 뜻대로 부르심을 입은 자들에게는 모든 것이 합력하여 선을 이루느니라.

2021년 3월
대치문화센터에서
황정구

건축설계 손녀 작품

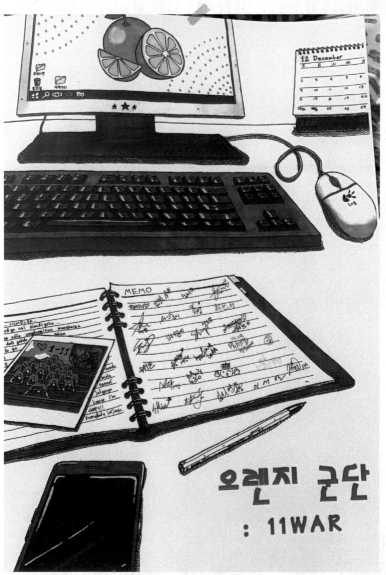

오렌지 군단
: 11WAR

미술전공 손녀 그림

목차

3장 글로벌(Global) 시대

4장 황혼의 단상(斷想)

1장

그리운 시절

점점 희미해져 가는 기억 속에서 완전히 잊혀지기 전에 정리를 해놓고 싶은 추억들로, 한 시대상의 일면으로나마 기억되었으면 하는 마음이다. 추억이란 인간의 진정한 재산이다.

옛날이 지금보다 나은 이유는 뭔가가 하나 더 있기 때문이다. 추억이라는 것

-페터 빅셀

그리운 것들

나이가 들어가면서 점점 그리워지는 것이 많다. 그래서 젊은이들은 환상 속에 살고 늙은이는 추억 속에 산다고 했나보다.

나는 시골에서 태어나서, 시골의 자연 속에서 어린 시절을 보냈다. 따라서 내가 그리워하는 모든 것들은 대부분 시골 풍경으로, 이제는 점점 사라져 가고 볼 수 없는 것들이 많다.

세월이 흐르면서 공감을 느낄 수 있는 친구들은 하나둘 계속 떠나고 기억 속에서나마 존재했던, 그리운 풍경들도 점점 망각 속으로 사라져 가는 안타까움에 기억력이 작동하고 있는 지금이라도 글로 정리해 두는 것이 좋을 듯해서 기억을 더듬어본다. 이를 경험해 보지 못한 손녀, 손자 세대들에게는 공감도, 이해도 못 할 부분이 많을 것이라는 생각도 들지만, 할아버지 시대에 존재했던 사회상을 조금이나 이해할 수 있으면 좋겠다는 바람으로 옛것들을 회상해본다.

돌담집

내가 태어나고 자란 강화에는 유달리 돌담집이 많았다.

돌담집 하면 도회지 출신들은 진송남이 부른 〈덕수궁 돌담장 길〉이라는 노래를 떠올릴지 모르겠다. 그 돌담장과는 전혀 다르게, 시골 돌담은 흙이 전혀 사용되지 않고, 주위에 흔히 존재하는 돌로만 쌓은 담으로 훨씬 투박한 정거움이 느껴진다.

조금도 다듬지 않고 자연석 그대로 쌓아 올린 돌담인데도 수 세기를 전혀 흐트러짐 없이 견디어 온 돌담에서 조상님들의 지혜의 손길이 느껴진다.

도회지에서 어쩌다 콘크리트 벽 위에, '넘어오지 마시오.'라고 경고하는 듯한 뾰족한 쇠창살의 높은 담장을 보면 아무리 장미꽃으로 장식을 해도 은근히 위압감과 단절감이 느껴지며, 더욱더 고향의 정거운 돌담집이 그리워진다.

인위적인 냄새가 나는 빨간 장미꽃 대신에, 노란 호박꽃이 연분홍의 나팔꽃과 함께 어우러져 있는 돌담, 거기에 지붕에는 하얀 박꽃이 피어 있는 초가집이라면 소박하고 아름다운 모습이 금상첨화다.

호박꽃

왜 사람들은 좀 못생긴 여인네를 특히 조강지처를 호박꽃에 비유했을까?

호박꽃이 못생겼나? 유심히 살펴보면 색깔도 예쁘고 이목구비(?), 선도 뚜렷하다. 꿀벌들이 가장 빈번히 찾는 꽃이 노란 호박꽃이다.

다른 꽃들처럼 사람을 혹하게 할 만큼 간드러지게 예쁘지는 않고 좀 투박한 편이지만 나는 오히려 이 투박함이 더 정이 가고, 이 투박함에서 묵묵히 어려운 살림살이를 이어 내려온 조강지처의 무게를 느낀다.

공연히 조강지처의 귀중함을 몰라보고 호박꽃이라고 불렀던 옛날 남정네들의 못된 심보를 생각하면 같은 남성으로서 부끄러움을 느낀다.

아마도 옛날 남편들은 여러모로 한두 살 많았던 조강지처의 지혜와 현숙함(賢淑)에 비해 열등감을 가졌었던 것 같고 그래서 이유 없이 조강지처를 깎아내리려고 한 것 같다.

나팔꽃

아빠하고 나하고 만든 꽃밭에
채송화도 봉숭아도 한창입니다.
아빠가 메어 놓은 새끼줄 따라
나팔꽃도 어울리게 피었습니다.

〈꽃밭에서〉라는 동요 가사다.

나일론 줄이 아니고 새끼줄을 따라 올라가는 나팔꽃은 이처럼 채송화, 봉숭아 그리고 과꽃, 분꽃과 함께 우리에게 가장 친근한 꽃 중의 하나다.

저녁에 피었다가 아침에 지는 꽃이 청초한 박꽃이라는 이야기는 들어본 적이 있으나 나팔꽃이 아침에 피었다가 저녁에 지는 하루살이 꽃이라는 것을 몇 년 전에야 처음 알았고 알고 나니 더 정이 간다.

그런데 재미있는 것은 이 나팔꽃 이름이 한자로 견우성(牽牛星) 직녀성(織女星) 할 때의 견우화(牽牛花)라는 것이다. 즉 견우의 눈물이 꽃으로 변했다는 것인데 왜 여성인 직녀화란 이름 대신에 남성인 견우화일까 하는 의아한 마음이 들기도 한다.

다음은 견우(牽牛)와 직녀(織女)에 관련된 오작교에 대한 설화이다.

소를 이끄는 즉 소를 기르는 목동 견우(牽牛)와 베옷을 짜는 직녀(織女)는 결혼 후 신혼의 달콤함에 빠져 맡은 일을 게을리하는 바람에 옥황상제의 노여움을 사서 은하수를 사이에 두고 서로 멀리 떨어져 사는 신세가 된다.

그래도 마음이 착한 옥황상제는 일 년에 한 번 음력 7월 7일 (조상님들은 이날을 7월 7석(七夕)이라 부른다) 이들이 서로 가까이 있도록 허락한다.

7월 7일, 이들은 양쪽에서 은하수 강가에 가까이 접근하나 은하수를 건너지 못하여 안타까워하는데, 이 소식을 전해 들은 지상의 까마귀와 까치들이 날라와 자신들의 머리를 잇대어 마치 부교(浮橋)처럼 다리를 놓아주고 이에 견우와 직녀는 이 다리를 건너 재회의 기쁨을 누리게 된다.

이튿날, 견우와 직녀는 이 다리를 건너 다시 헤어져야만 했다. 이 다리의 이름을 까마귀 오(烏), 까치 작(鵲)자를 써서 오작교(烏鵲橋)라 부른다.

이와 같은 내용의 설화가 중국과 일본에도 똑같이 존재한단다. 내가 이 이야기를 특별히 잊지 못하는 이유가 있다.

당시로써는 드물게, 아버지께서는 내가 태어나자 즉시 내 생일을 양력으로 신고하셔서, 호적상 즉 주민등록상의 내 생일은 실제 태어난 1942년 8월 19일이다. 그런데 1942년의 이 날은 음력 7월 8일 즉 7월 7석 다음날인 것이다.

견우와 직녀가 하루 만나고 헤어지는 날이 내가 태어난 날이다.

그래서 어머니는 나에게 여러 번 "너는 견우와 직녀가 만났다 헤어지기가 너무 안타까워 둘이 흘린 눈물의 결정체란다."라고 말씀하신 적이 있다.

시쳇말로 "눈물의 씨앗인 셈이다."

나팔꽃, 어쩌면 나와 형제가 아닐까? 정이 더 간다.

도리깨

콩을 털 때나 보리타작을 할 때는 이 도리깨라는 도구가 사용

된다. 도리깨질을 할 때면 콩대나 보리 지푸라기가 도리깨에 휘말려 높이 떠올랐다 떨어진다.

이 지푸라기가 머리에 떨어지는 것을 막기 위해 아낙네들은 여지없이 머리에 흰 수건을 쓴다. 머리에 흰 수건을 쓴 여인네라야 도리깨질과 잘 어울린다.

그런데 이 흰 수건이 찜질방에서 사람들이 만들어 쓰는 양쪽에 귀 달린 탄탄한 형태로 만들어진 것도 아닌데 벗겨지지도 않고 잘도 버틴다.

수건 쓰는 기술의 노하우라도 있는 것일까? 탁탁, 턱턱 하며 치는 고부간의 운율은 더없이 정겹다.

한데 이 도리깨질이 쉽지 않다. 한 번 시도해보다가 뒤통수를 맞아본 경험도 꽤 있다.

흰 빨래

『마음고요』라는 수필에서 저자 정목일은 흰 빨래에 대해 이렇게 표현하고 있다.

"마당에 있는 빨랫줄에 널려진 흰 빨래가 바람에 날리고 있

는 집이 좋다. 거기에 기저귀가 있으며 마음이 포근해짐을 느낀
다. 지금은 세탁기의 탈수기능이 너무 좋아 빨래가 줄에 널릴
시간도 없다."

늦은 여름이면 파란 하늘을 배경으로 고추잠자리가 흰 빨래
위에 앉아 바람이 불어도 날개로 균형을 잘 잡고 있는 모습이 정
말로 아름답다.

송기

다른 지방에도 똑같은 관습이 있었는지 모르겠다.

봄, 나무에 물이 오를 때쯤 소나무 가지의 곧은 맨 윗부분, 줄
기를 잘라서 낫으로 겉껍질만 살짝 벗긴 후 아직 나무에 붙어
있는 속살을 하모니카 불듯 옆으로 움직이며 빨아 먹으면 그렇
게 달콤할 수가 없다.

사람들은 옛날의 먹거리가 맛있었다고 말하면 으레 그때는
먹을 것이 없어서라고 치부해 버리지만 꼭 그렇지만은 않은 것
같다.

왜 송기 맛이 그렇게 달콤할까 하는 의문을 가진 적도 있었는
데 광합성 작용 때문이란다.

동물은 생명 유지에 필요한 에너지 즉 포도당을 얻기 위해 먹이를 먹지만 식물은 필요한 에너지를 얻기 위해 녹색잎이 빛 에너지를 이용하여 이산화탄소를 흡수하고 이 이산화탄소 분자가 물분자와 화합하여 포도당을 만든다고 한다.

송기를 먹을 때 느끼는 단맛은 이 포도당 때문이다. 캐나다 메이플잎(Maple Leaf) 나무에서 추출한 메이플 시럽은 당도로도 세계적으로 유명하다.

이른 봄, 생명을 유지하기 위해 땅으로부터 힘겹게 끌어올리는 고로쇠 나무의 생명수를 나무 줄기에 구멍을 뚫고 호수를 연결해 가로채는 모습을 보면 잔인하다는 생각이 들고, 어렸을 때 소나무의 새로 난 가지를 잘라 송기를 먹던 기억이 떠올라 마음이 편치 않다.

두꺼비

개구리는 시골에 가거나 TV를 통해서 지금도 가끔 볼 수 있는데, 두꺼비는 정말 보기 힘들다.

별로인 외모에다가, 울퉁불퉁한 피부도 거부감을 주고, 생김새도 그다지 호감이 가지 않지만 두꺼비는 나름대로 신중하고 믿음직한 신뢰감을 준다.

걸핏하면 폴짝폴짝 뛰는 개구리의 경박함도 없고, 참을성이 많은 것 같고, 웬만한 일에는 꿈적도 하지 않고 눈만 껌벅이고 있으면서 어쩐지 듬직한 모습인 두꺼비는 그 생김새와는 달리 사람에게 인기가 있는 것 같다.

오죽하면, 이 두꺼비가 진로 소주 홍보 얼굴로 활용되기도 했고 사람들은 갓 시집 온 새색시에게 "떡두꺼비 같은 아들만 낳아라." 했는가 하면 "두껍아. 두껍아. 헌 집 줄게, 새집 다오." 하기도 했을까?

그만큼 두꺼비를 신뢰했나 보다.

제비집

정이월 다 가고 삼월이 되네
강남같던 제비가 돌아오면은
이땅에도 봄—이 온다네

이런 노래를 어렸을 때 불렀던 기억이 난다.

일제강점기에 김형원이 「그리운 강남」이라는 시에 작곡가 안영

기라는 분이 곡을 붙인 노래로 원래는 해방을 그리워하면서 부른 노래였다고 한다. 그만큼 제비는 우리에게 봄소식을 전해주는 가장 반갑고 친근한 새 중 하나지만 빠르기도 하고 날씬하기도 해서 한때는 '강남 제비'라는 오명으로 등장하기도 했다. 우리가 자랄 때 음력 3월이 되면 시골 초가에는 제비집이 많았다.

새박사 윤무부 교수에 의하면 제비가 집을 지을 때 아무 집에나 짓지 않고 마음이 푸근하고, 화목한 집만을 골라서 둥지를 튼다고 한다.

왜냐하면 그런 집에 사는 사람들만이 계속 싸대는 제비 새끼들의 배설물을 싫은 기색 없이 잘 견디며 처리해 주기 때문이란다.

"제비가 화목한 집인지 아닌지를 어떻게 알아?"라고 일축해 버리기 쉽지만 새의 지능을 그렇게 가볍게 무시해 버릴 수만은 없는 것 같다.

케임브리지 대학의 '크리스토퍼' 새 연구팀이 까마귀의 지혜에 대해 연구한 적이 있었다고 한다. 대학 실험실 밖에 먹이(곡물)와 물이 반만 채워져 있는 큰 물컵을 준비해 놓았다고 한다.

잠시 후, 까마귀들이 몰려와 먹이를 먹은 후, 목이 마른지 물컵에 물을 먹으려 하다가 '부리'가 물에 닿지 않자 컵 주위를 잠시 서성이더니 사무실 입구 정원에 깔아놓은 조약돌을 입으로 물어 물컵에 계속 넣은 다음 물이 부풀어 올라 부리가 물에 닿자 물을 먹더라는 것이다.

이 이야기는 실제로 잘 알려진 과학 전문지 〈커랜트 바이오로지(current biology)〉에 발표되었다고 한다.

새의 지능이 그만큼 높다는 뜻이다. 지금은, 제비집은 고사하고 동네 가로수나 미루나무 꼭대기 또는 전봇대 위에서도 흔히 볼 수 있었던 까치집마저도 점점 보기 힘들어졌다.

수년 전까지만 해도 한국전력 직원들이 전신주의 까치집을 제거하는 장면이 TV에서 방영되기도 했다.

한국전력 당사한테는 좀 미안한 말이지만, 조금 눈감아 주었으면 하는 마음이다. 가끔 정전이 되는 한이 있더라도 까치집을 보며 우리 동네는 환경적으로 아직 살 만한 동네구나 하는 희망을 갖고 싶은 마음이다.

아날로그 카메라

옛날 아날로그 카메라는 꽤 무거웠다. 목에 걸고 다니던 그 묵직함이 아직도 정겹게 느껴진다. 셔터를 누를 때 나는 찰카닥하는 굵직한 저음소리와 한번 사진을 찍고 나면, 꼭 필름을 수동으로 돌려야 하는데, 스르륵 하며 필름이 도는 소리도 그리워진다.

보통은 24장 분의 코닥 필름 한 통을 다 찍고 나면, 필름을 빼서 필름현상 인화소(사진관)에 갔다 주고 일주일 후에 인화된 사진을 찾으러 간다. 스마트폰 등으로 사진을 촬영하는 즉시 사진에 찍힌 자신의 모습을 볼 수 있는 요즘과는 달리 일주일 정도를 기다려야 찍힌 사진을 볼 수 있었다.

사진이 어떻게 나왔을까? 그 얼굴이 그 얼굴일 텐데도 궁금함과 기대감과 가벼운 설렘까지 느끼며 기다리는 일주일은 참 행복하다. 기다림의 미덕이 그리워진다.

그 밖에 그리운 것들이 많이 있다.

졸졸 소리를 내며 흐르던 '개울물'(지금은 왜 말랐을까?)과 돌멩이 밑에 '가재'들, '버들강아지', '싱아', '찔레꽃', 겨울 추위를 녹여주며 밤을 구워 먹던 '화로', 유달리도 돌이 많았던 쌀, 그래서 밥을 앉히기 전 돌을 골라내던 '조리'. 머리가 아픈 것을 방지하기 위해 아낙네들이 물동이 밑에 받치던 '또아리' 등도 그리운 이름들이다.

나이가 들어가며 곁을 떠나는 친구들, 얼굴 모습은 또렷이 떠오르는데 이름은 입에서 뱅뱅 돌며 생각나지 않는 친구들, 그들과 함께했던 지난 일들도 모두 생각나고 그리워진다.

정겨운 소리들

1950년대 후반 고등학교 국어 교과서에 수록되었던 글 중에 안톤슈낙이 쓴 「우리를 슬프게 하는 것들」이라는 수필이 있다.

동양인과 서양인의 감성 차이가 있어서 그런지는 몰라도 새삼 읽어보고 다시 읽어보아도 슬프게 하는 구석이라고는 하나도 없다.

우리들에게는 우리 민족만이 가지는 특수한 감수성을 불러일으키는 아련하고도 정겨운 소리가 있다. 점점 소멸해 가거나 기억 속에서조차도 희미해져 가는 소리일수록 다시 들어보고 싶은 마음이 든다. 물론 같은 민족이라도 출신 지역, 환경에 따라 느낌도 다를 수는 있겠다.

새벽 수탉의 울음소리

산촌(山村), 초가마을, 희뿌연 새벽안개가 채 가시기 전 멀리서 들려오는 꼬~끼오~~ 하는 수탉의 울음소리는 왠지 좋은 일이 일어날 것 같은 희열을 느끼게도 하고, 가벼운 흥분마저 일게도 하고, 횃대에서 장닭이 홰를 치며 목을 길게 뽑고 힘껏 목청을 돋우는 정겨운 모습을 상상하게 하기도 한다.

이때의 수탉은, 하얗고 까맣고 불그스레한 잡탕 색깔의 잡종이 아니고 우뚝 선 큰 벼슬에 늘씬한 긴 목과 선명한 붉은 색의 카리스마가 있는, 씩씩한 기상의 토종 수탉이며, 사명감을 가지고 우리에게 깨어나야 할 시간의 중요함을 일깨워 주었고, 이 수탉의 신호로 우리의 삶을 시작했다.

그런데 이 늠름한 수탉들이 속세의 무능한 남자들 때문에 애꿎게 수난을 받고 있는 것 같다. 인간 세계에서 수탉들(남자들)이 자기 역할을 하지 못함에 따라 "수탉이 울면 집안이 망한다."라는 수치스러운 말을 만들어내고 그 권위를 암탉에게 물려주면서 "암탉이 울어야 집안이 흥한다."라는 사회상을 만들어 냈다. 이제 수탉은 울어서는 안 되며 그래서 그런지 실제 수탉의 울음소리도 끝났다. 그 소리가 다시 듣고 싶어진다.

풀벌레 소리, 귀뚜라미 우는 소리

가을의 풀벌레 소리와 섬돌 밑에서 들려오는 귀뚜라미 울음소리는 마음의 평화를 느끼게도 하고 서글픈 마음이 들게도 해준다. 하지만 그 그리운 소리를 이제는 시골에서조차도 좀처럼 듣기 어렵다.

여치, 방아깨비, 풀무치, 사마귀 등을 구분하지 않고 통칭한 '풀벌레'라는 명칭과 '귀뚜라미'라는 명칭도 정감이 간다.

이들을 소재로 한 가사의 노래가 많은 것을 보면 우리나라 사람들은 자연을 사랑하는, 감수성이 참 풍부한 민족인 것 같다.

기러기 울음소리

기러기의 '기럭기럭' 하는 울음소리가 듣고 싶다. 〈기러기〉라는 노랫말이 좋아 여기에 그 가사를 적어본다.

울 밑에 귀뚜라미 우는 달밤에
길을 잃은 기러기 날아갑니다

가도 가도 끝없는 넓은 하늘을

엄마엄마 찾으며 날아갑니다

-<기러기> 중에서

박태준 선생이 작곡한 <기러기>라는 노래인데 가사뿐만 아니라 멜로디도 참 좋아 가을밤 분위기에 부르기는 아주 잘 어울리는 동요이다. 나는 이 동요를 너무 좋아해 동년배들끼리의 어느 좌석에서 한 번 불렀는데 모두 별 감흥이 없는 것 같아 확인을 해보니 처음 듣는 노래란다. 나는 분명히 초등학교 시절에 배웠는데 내가 다닌 초등학교는 금성(金星)에 아니면 화성(火星)에 있었나?

가을이 되면 어김없이 북쪽에서 날아오는 겨울 철새 기러기 떼의 비행을 볼 수 있다. 기러기는 분명 철새인데도 우리나라 텃새인 양 친근하게 느껴진다.

어느 조류학 관련 책에서 읽은 기억이 나는데 하늘에서 '기럭기럭' 하는 기러기의 울음소리가 들리면 땅 위의 날지 못하는 거위들이 홍분하여 꽥꽥 소리를 지르며 이리저리 뒤뚱거린다고 한다. 이유는 아직 밝혀지지 않았다고 하나, 동일 민족의 소리라 반가운데 같이 날지 못하는 안타까움 때문이 아닐까 생각해 본다.

기러기의 비행을 보면 이상하게 그 모습이 모두 사라질 때까지 보게 되는 마력이 있다. 기러기들은 꼭 'ㅅ'자 형으로 비행을 하는

데 이때 제일 선두의 기러기가 힘들게 일으키는 기류가 뒤에 따르는 기러기들의 힘을 줄이는 데 큰 역할을 한다고 한다. 바로 뒤에 따르는 기러기는 75%의 힘만 사용하면 된단다. 그래서 비행 중에 때때로 '기럭기럭' 하면서 소리를 내는 것은 힘들어하는 선두 기러기에게 힘내라고 하는 응원의 소리란다.

기러기들은 또한 동료애가 지극정성이어서 동료 기러기가 총을 맞았다든지, 부상을 당했거나 날기에 힘이 부치는 듯 보이면 일단 한 기러기가 같이 땅에 내려앉았다가 죽어가는 기러기가 있으면 임종을 지켜본 후 다시 날아 본대에 합류하게 되는데 이때 본대는 가능한 한 저속으로 비행하여 동료의 합류가 쉽도록 도와준다고 한다.

앞서가며 힘들어하는 동료 기러기를 응원하는 '기럭기럭' 소리는, 앞서가는 사람을 끌어내리기에 혈안(血眼)이 되어 있는 만물의 영장에게 부끄러운 마음이 들게 한다.

겨울밤 개 짖는 소리

깊은 겨울, 시골에서 마실을 갔다가 한밤중에 나와 차디차게 떠 있는 달을 쳐다보면서 소변을 보다 보면 나도향의 단편「그믐

달」이 생각난다.

"그 달은 한 있는 사람만 보아주는 것이 아니라 늦게 돌아가는 술주정꾼과, 노름하다 오줌 누러 나온 사람도 보고, 어떤 때는 도둑놈도 보는 것이다."라고 나도향은 말했다.

이때는 종종 동네 개가 짖는다. 아무 인기척도 없고 밤은 깊고 괴괴한데 개는 짖는다. 동네 어느 노인을 데리러 온 저승사자를 보기라도 한 것일까? 겨울인데도 그 소리는 멀리서 들리는 것 같다.

이때의 소리는 사납게 짖어대는 소리가 아니고 "머어어엉멍" 하는 길게 여운이 이어지는 소리다. 별안간 적막을 깨뜨리는 소리와는 아주 다른 긴 여운이 남는 소리다.

마치 영혼을 부르는 소리 같다.

개구리와 맹꽁이 소리

초여름이 되면 논과 밭에서 개구리와 맹꽁이들이 울어 댄다. 시골 초가집에서 잠을 자다 깨면, 개구리와 맹꽁이들의 울음소리가 바로 창호문 앞에서 우는 듯 들린다. 개구리가 '개굴개굴' 울기 시작하면 이어 맹꽁이가 '맹꽁맹꽁' 하고 화답하고 이를 신호로 연이어 다른 개구리와 맹꽁이가 모두 참여한다.

그야말로 아들, 손자, 며느리가 다 모여서 부르나 보다. 듣는 이가 없어도 밤새도록 울며, 멋진 화음을 만들어 낸다. 오케스트라의 인위적 화음과는 근본적으로 다르다.

갑자기 노래가 뚝 그친다. 침범자가 있다는 뜻이다. 개구리는 재빨리 논으로 뛰어들어 피하는데, 맹꽁이는 피하지도 못하고 있다가 사람의 발길에 차인다. 그래서 맹꽁이 소리를 듣나 보다.

다듬잇방망이 소리

겨울밤이면 들려오던 다듬이 방망이 소리가 그립다. 듣고 싶다. 처음에는 획일적인 음과 박자인 것처럼 들리지만 오랫동안 귀 기울여 들어보면 멜로디에도 고저가 있고 박자의 운율도 계속 변한다.

시어머니가 리드하며 멜로디에 변화를 주면 며느리가 따르고, 박자에 변화를 주면 며느리가 이내 화답한다. 여기에 한밤에 창문에 비치는 고부간의 실루엣은 더없이 정겹다.

고부간 갈등. 그런 게 어디 있나?

찹쌀떡~ 메밀묵~

기나긴 겨울밤 "찹쌀떡~ 메밀묵~" 하는 소리는 추운 겨울에 훈훈한 느낌의 여운을 골목길에 남긴다. 요즘도 이 소리를 들을 수 있기는 하나, 옛날만큼 그렇게 정겹고 여운을 내는 소리는 아니다.

옛날의 소리에는 마음을 파고드는 애절함과 듣는 사람의 향수를 불러일으키는 신비로움이 묻어 있었지만, 요즘 소리는 삶의 애환이 묻어나는 목소리가 아닌 만사가 귀찮다는 듯이 녹음기에서 흘러나오는 기계음 소리다.

그래도 어쩌다 옛날 생각이 나서 뛰어 내려가 보면, 그 기계음도 어느새 저쪽 골목으로 사라진다. 옛날처럼 단층집에 살지 않기에 빨리 못 나가는 이유도 있겠으나 기다림의 미덕도 사라진 것 같아 씁쓸하다.

밤비 오는 소리

이 소리는 지금도 들을 수 있다.

그러나 감성이 둔해져서 그런지, 아니면 향수라는 울타리에 갇혀 있어서 그런지 요즘의 아스팔트 위나 콘크리트 위에 떨어지는 빗소리는 옛날 뒤뜰 꽃잎이나 나뭇잎 또는 장독대 위에 떨어지던 그 소리와는 사뭇 감흥이 다른 소리로 들리지만 그래도 좋다.

밤비 내리는 소리가 들리면 창문을 조금 열어놓고 조용히 누워서 듣곤 한다. 마음이 평온해진다. 잠에서 깨어 듣는 밤비 소리는 속세의 현실에서 벗어나, 먼 환상의 세계 속에 있는 듯한 느낌을 준다. 땅이 아닌 '옆집' 베란다와 지붕 위에 떨어지기 때문에 조금은 투박하고 강한 소리를 내나, 그대로 좋다. 이유를 설명할 수가 없다. 그냥 좋다.

지금은 유튜브에서도 이 소리를 동영상으로 만들어 제공하는 실정이다.

왜일까? 밤비 소리를 영혼의 치유 일환으로 보기 때문이다.

뻐꾸기 울음소리

우리나라 농촌에서는 봄부터 여름까지 뻐꾸기의 울음소리를 쉽게 들을 수 있었다.

철새로 유라시아, 한대, 온대에서 번식하고 활동하다가 동남아시아에서 월동하는 뻐꾸기는 탁란(托卵)을 하는 얌체족으로 유명하다. 즉 다른 새의 둥지에다 몰래 알을 낳아놓고 그 새가 알을 부화시키고 기르도록 기다리는 것이다.

정확히 4음절로 울어대는 뻐꾸기의 우는 이유와 울음소리 해석은 정말 다양하다.

'뻐꾹 뻐꾹'에서부터 '홀딱 벗고', '호호호이'로 울음소리를 묘사하다가 한국전쟁이 끝나고부터는 '기집 죽고 자식 죽고'로 묘사하기도 했단다(장수정의 『안드로메다의 나무들』 p86 참조).

우는 이유도 다양한데, 제일 많이 알려진 전설은 떡국에 얽힌 전설이다. 옛날에 착한 며느리가 떡국을 끓여 그릇에 퍼 놓고 잠깐 잠든 사이에 개가 다 먹어 치웠는데 밖에 나갔다가 들어온 악한 시어머니가, 왜 혼자 떡국을 다 먹었느냐고 며느리를 때려 죽였고 착한 며느리의 넋은 새가 되어 억울함을 호소하려고 '떡국떡국' 운다는 것이다.

그런데 한 가지 특이한 것은 뻐꾸기는 다른 새와는 다르게 혼신의 힘을 다해 밤새도록 운다는 것이다. 사람 같으면 힘들어 혼절했을 것이란다.

이야기가 빗나가지만, 나훈아의 노래 중에도 '해가 지면 뻐꾹새가 구슬프게 우는 밤'이라고 강촌을 묘사한 바가 있을 정도로 뻐꾹새의 울음소리는 시골 고향을 대표하는, 우리의 정서에 깊은 자리를 차지하고 있는 정겹고 그리운 소리다. 아련한 뻐꾹새의 울음소리야말로 다시 듣고 싶어지는 정겨운 소리다.

풍금 소리

풍금이란 바람을 빨아들였다 내뿜었다 하면서 소리를 내는 악기로 영어의 오르간(Organ)을 바람 풍(風), 거문고 금(琴)자를 써서 풍금(風琴)이라고 번역한 것으로, 더 이상 좋은 번역말이 없을 정도로 잘 지은 것 같다.

어려서 제일 처음 접한 악기라서 그런지 이름도 친숙할 뿐 아니라 그 소리는 피아노와는 아주 다르게 아련한 향수를 불러일으키는, 다시 듣고 싶은 정겨운 소리다.

학교에 한 대밖에 없어서 음악 시간에는 풍금이 있는 음악 교실로 이동하여 노래를 배우고는 했던 일이 생각나기도 하고, 당시 4년제 고등학교인 사범고등학교에서 속성으로 배우신 선생님께서 악보를 보랴, 페달을 밟으랴, 학생들을 보랴, 열심히 풍금을 치시던 모습이 생각나기도 하며, 현대식 오르간이 아닌, 옛날식 풍금 소리가 듣고 싶어지기도 한다.

풍금 하면 졸업식 노래가 떠오른다.

잘 있거라 아우들아 정든 교실아

선생님 저희들은 물러갑니다

부지런히 더 배우고 얼른 자라서

이 나라의 새 일꾼이 되겠습니다

-〈졸업식〉 2절

졸업식장을 울음바다로 만들었던 순수한 마음의 친구들은 하나둘씩 점점 떠나고….

고향은 내 사랑

불세출의 가수라 일컫는 남인수 씨가 부른 노래 중에 〈고향은 내 사랑〉이란 노래를 소개한다.

찔레꽃이 피어 있네

고향에 놀던 꿈속의 날

잘 있소 잘 가오

눈물로 헤어지던 날

그대는 대답 없고

구슬픈 산울림만 울려주니

그때 피었던

찔레꽃이 피어 있네

내 맘 속의 고향에는 계절이 없이 항상 찔레꽃이 피어 있고 해당화가 피어 있다. 내가 태어난 곳은 경기도 강화군 내가면 고천리 891번지다. 초등학교를 졸업하고 떠난 후 이제까지 70여 년 타향살이를 하면서도 891번지는 늘 잊혀지지 않고 머릿속에 또아리를 틀고 앉아 있다. 그만큼 태어난 고향은 잊혀지지 않는 곳이다.

우측으로는 가장골 산에서부터 박골과 장경리를 거쳐 고려산으로 쭉 이어지는 산등성이와, 가장골 산으로부터 흘러나오는 실개천이 마을을 감싸고 있으며 좌측으로는 망산에서 고비를 거쳐 고려산으로 이어지는 산등성이와, 망산에서 발원하는 실개천이 마을을 감싸고 있는, 그 모습이 마치 삼태기 안에 있는 것처럼 아늑하고 평화롭고 아름다운 곳이다.

자기 고향이 아름답다고 아니하는 사람이 어디 있으랴마는 내 고향은 그야말로 시인 정지용의 「향수」에서 그리고 있는 그런, 객관적으로 보아도 아름다운 모습이 딱 들어맞는 그런 곳이다.

사람들은 매우 순박하고 강직하고 정이 많았다. 한문으로 안내(內), 옳을 가(可)로 마음이 올바른 사람들이 산다는 뜻인 내가면(內可面)의 고천리다.

아침이면
낮게 깔린 안개가 앞뜰의 논과
밭 그리고 그 밖의 삼라만상을 덮어

뽀얀 호수를 이루고 그 호수에

떠 있는 듯한 초가집은 아침햇살을

서서히 받기 시작하고 굴뚝에선

아침밥을 준비하는 연기가 모락모락

올라가는 한 폭의 동양화를 연상케 하는

아름다운 곳

　나는 그곳에서 1942년 8월 19일에 평해황씨 충경공파(정량공손, 부정공파 강화계보)의 28대손으로 태어났다. 아버님은 황 자, 관 자, 식 자를 쓰시는 황관식(黃寬植)님이시고 어머님은 김해김씨 자손의 金玉圭(김옥규)님이시다. 이것이 나의 세속적 계보다.

　성경에 나오는 아브라함 조상 쪽의 계보로 따져보면 아무래도 셈족의 후예인 것 같고 1943년(유아세례 받은 연도)에 요한 웨슬레의 감리교파 후손으로 태어났다.

　1942년에는 황씨 후손으로 태어났고 1943년에는 아브라함의 후손으로 태어난 셈이다. 당시 기독교 가정에서는 믿지 않는 가정보다 일찍 양력을 사용했기 때문에 나는 양력으로 출생신고가 된 연고로 내 동년배들과는 다르게 호적에 생일이 음력이 아닌 양력으로 기재되어 있다. 기독교 가정에서 태어났기 때문에 어릴 적 나의 추억은 대부분 교회와 연관되어 있다.

증조부께서는 개신교가 이 땅에 들어오자 곧바로 야수교(예수교)를 믿었고 조부모님, 부모님을 거쳐 내가 4대째 믿음의 가정을 이어오고 있다. 아브라함 족보로 보면 실력(믿음)은 보잘것없으나 신앙의 이력은 대단히 화려한 편이다.

예수교가 강화에 들어온 초기에 증조부께서는 산등성을 넘어 5km가량 떨어진 오상리교회를 다니시다가 너무 멀어 다니기가 힘들자 자신의대지(밭)에다 손수 교회를 건축하셨고 내가 태어나던 해에 교회 봉헌예배를 드리셨다.

당시 교회에서는 목사님 대신에 전도사님이 초빙되어 예배를 인도하셨고 나의 초등학교 일학년 때의 담임 선생님은 전도사님의 사모님이었다.

어른들께서는 무엇이 그리 급하셨는지 가뜩이나 작고 어린 나를, 그 당시 시골에서는 아주 드물게, 일곱 살에 초등학교에 입학을 시켜서 경우에 따라 담임 선생님이 업어 주시기도 했는데 아마도 내가 주일학교에도 열심히 참석하는 몹시 작은 어린 학생이었기 때문이었을 것으로도 생각된다.

어릴 적 기억 중에 잊혀지지 않는 기억이 몇 가지 있다. 그중에 하나가 11~12명 되는 대가족이다. 쇠죽(여물)은 늘 아버지께서 도맡아 끓였던 것으로 기억되며 남자들도 부산히 부엌일을 도우실 정도로 당시에도 증조부님은 남녀가 평등하다는 생각을 일찌감치 가지셨던 것 같다.

교회봉헌예배 기념사진

가부장제도가 위엄이 있고 남녀 구별이 엄격했던 당시의 다른 가정들과는 달리 우리 집에서는 식사 시에도 증조부님과 며느리, 손녀 그리고 증손자인 내가 한 상에 둘러앉아 식사를 했고 증조부님 상이라 해서 특별히 다른 음식이 올라가지는 않았던 것으로 기억된다.

그때부터인지는 모르겠으나 우리 집 가풍은 '가부장제도'의 권위가 별로 없었던 것 같고 현재까지도 중대한 결정을 내릴 때를 제외하고, 평상시에는 남자 발언권이 허약한 편이다.

마음에 들지 않을 때 남자가 고작 하는 일이란 '버럭 소리' 한 번 하고는 이내 꼬리를 내리고 여인들(?)의 눈치나 살피는 일이다. 증조부님이 이룩한 업적(?)인 것 같다.

대가족의 큰살림이라 당연히 어머니의 일상은 힘들었고 7남매의 장남으로 태어난 나는 부족한 일손을 돕는 일원이 되기도 했다. 모내기를 할 때 논으로 새참(아침과 점심 사이에 하는 식사)을 내야 하는데 어머니와 함께 내 관할이 된다. 어머니는 동생을 엉덩이에 매단 채 머리엔 밥과 반찬이 들어 있는 무거운 함지박을 이고 마치 곡마단의 줄타기 광대처럼 좁은 논두렁길을 미끄러짐도 없이 요리조리 잘도 헤쳐나가시고 나는 두 손으로 낑낑대며 두 되짜리 막걸리 주전자를 들고 기우뚱대며 따라간다.

막걸리는 주로 일꾼들이 먹었지만 내 기억엔 세례파 아버님도 드신 것 같다. 그때는 예수를 믿는 아버님이 약주를 드신다는 것에 별다른 생각을 하지는 못했고 다만 기억 속에 남는 것은 주전자가 몹시 무거웠다는 것뿐이다.

뒤란(뒤뜰)에는 과꽃, 분꽃, 꽈리, 봉숭아 그리고 맨드라미가 있는(장미는 확실히 없었다) 작은 화단이 있었고, 큰 장준나무(아마도 대봉감의 사투리인 것 같다)엔 상당히 많은 대봉이 열렸는데 겨울이 되면 어머니 방 시렁에 덜 익은 대봉감이 쭉 정렬되어 홍시가 되기를 기다렸다.

안방 할머니 방에서는 그런 풍경(?)을 보지 못했고 나도 홍시를 먹어본 기억이 없어 혹시 조부모님을 제끼고 부모님이 겨우내 독식하지 않으셨나 하는 합리적 의심을 해본다(나는 일꾼과 별채 방에서 잤다. 어머니 명령이었다).

겨울에는 참게를 잡는 참게 움막을 짓는다. 나는 이 참게 잡는 방법이 우리 집만의 비법이 아닌가 생각된다. 어디에서든 사진으로라도 본 적이 없고 또 읽어본 적도 없기 때문이다. 따라서 이는 나만의 추억일 수 있다.

사진이나 그림 또는 동영상이 아니고는 설명하기 어렵겠지만 내용은 이렇다. 가을에 벼를 수확할 때쯤이면 계절을 알아차린 참게들은 겨울나기를 위해 냇물을 타고 하류로 내려가는데, 시냇가에 싸리로 만든 발을 쳐놓고 게를 잡는 방법이다.

고향을 생각할 때면 떠오르는 다른 많은 기억들이 있다. 나물 캐러 들로 산으로 쫓아다니던 일, 가재를 잡으러 다니던 일, 송기와 싱아와 찔레순을 꺾어 먹던 일, 강화에 많았던 나팔꽃 넝쿨이 있던 돌담, 초가을이면 하얀 빨래 위에 앉아 있던 고추잠자리, 특히 초가지붕 위에 피었던 하얗고 청순한 배꽃의 모습 등은 잊혀지지 않고 기억 속에서 늘 아름답다.

한편 가죽 장화에 허리엔 긴 칼을 차고 "빠가야로"를 외치는 일본 순사도 보았고 그때까지도 사람들의 입에 오르내리던 녹두장군(동학의 접주 전봉준 장군)을 그리는 파랑새 노래도 들었다.

새야 새야 파랑새야
녹두밭에 앉지 마라
녹두꽃이 떨어지면
청포장사 울고 간다

3학년 6·25 동란 초기에는 빨간 완장을 찬 낯선 이가 지휘하는 김일성장군 노래를 핏대를 올려가며 따라 불러 대기도 했다.

장백산 줄기줄기 피 어린 자욱
압록강 굽이굽이 피 어린 자욱
만고의 빨치산이 누구인가를
아 아 그 이름도 그리운 김일성 장군

또 이런 노래도 불렀다.

비겁한 놈은 갈 테면 가라
우리들은 붉은 기를 지킨다

6·25가 끝날 무렵에는

아! 아! 잊으랴 어찌 우리 이날을
조국의 원수들이 짓밟아 버린 날을….

이런 노래를 부르며 운동장에서 뛰어놀다가 미군 헬리콥터에서 떨어지는 초콜릿도 먹어봤다.

풍요로운 옥토를 수장시켜버린, 새로이 생긴 저수지에 나의 어릴 적 꿈과 낭만과 추억들을 모두 묻어버린 채 초등학교를 졸업한 후 인천으로 장소를 옮겨 신세계의 도시생활을 시작하게 되고 고향은 내 마음속에 이상향(理想鄕)으로 남아있다.

지금도 내 마음의 고향에는 찔레꽃이 한창이고 해당화가 한창이다.

티 없이 맑고 순수했던 나이에 약속된 찬란(燦爛)한 미래를 꿈
꾸며 중 고등학교 학창시절을 보낸 인천은 나의 추억이 가장 많
이 서려 있는 제2의 고향이다. 인생의 잊지 못할 아름다운 추억
은 거의 꿈 많던 학창시절에 몰려있는 것 같다.

해외 유학(留學)

연결된 다리 하나 없이 완전히 섬이었던 당시 강화 쪽에서 보

면 인천은 바다 밖에 있는 해외(海外)였다. 초등학교를 졸업한 나는 청운의 뜻을 품고 바다를 건너 인천으로 해외 유학(?)길에 올랐다. 당시 시골에서의 중학교 진학률이 10~15% 미만이었던 것을 감안하면 나의 해외 유학이라는 것은 큰 축복 중의 하나라고 말할 수 있겠다.

강화 외포리에서 나를 태운 연락선 통운호는 물때(시간)를 맞추면서 운행하느라 그랬는지 거의 7~8시간 만에 나를 인천시 만석동 괭이부리 부두에 내려놓았다. 어머니를 따라 인천을 딱 두 번 왕래해 보았던 생소한 도시 인천, 부두에 홀로 내린 13살의 어린 나는 율목동에 있는 외조부님 집까지 옛날의 기억을 되살려 가며, 길을 잃지 않도록 온 신경을 집중해서 찾아갔다.

그때 왜 부모님은 어린 나를 혼자 인천으로 보내셨을까? 나중에야 알았지만 집안에 사정이 있었다. 나 혼자 도착하자 어린 애를 혼자 보냈다고 외가댁에서는 난리가 났다.

그때 길을 잃었더라면 고아원 생활을 하다가 펄벅재단을 통해 일찌감치 미국에 입양되었을지도 모른다. 길도 잘 모르는 어벙한 시골 출신인 나는, 풀을 너무 많이 먹여 걷기도 불편한, 뻣뻣해진 까만색의 양복을 입고, 홀로 인천중학교에 도전한 결과 보기 좋게 낙방했다. 하나님은 일찌감치 인생은 그렇게 호락호락하지 않다는 교훈을 나에게 가르쳐 주신 것이다.

1차 시험 낙방이란 꿈에도 생각지 못한 나는 2차로 갈 수 있는 학교가 있다는 것조차도 몰랐고, 기독교계 학교인 인천 송도중학교로 가는 것이 좋겠다는, 독립운동가이시고 장로님이셨던 외조부님 말씀에 순종하여 인천 송도중학교에 입학했다.

중학교 시절

인천 송도중학교는 구한말의 선각자이시고 독립협회 회장도 역임하신 윤치호 선생님께서 설립한 학교로 개성(송도)에 있다가 6·25 동란에 인천으로 피난 나온 역사와 전통이 깊은 기독교 계통의 명문학교다.

1954년도 입학 당시, 중·고등학교 학생들은 선택이 아니라 의무적으로 교복(校服)과 교모(校帽)를 써야 했다. 교모에는 그 학교를 상징하는 모표(帽標)가 붙어 있어 모표를 보면 어느 학교 학생인지를 바로 분간할 수 있었다. 이 제도는 학생들이 학교의 명예를 실추시키지 않기 위해서라도 절제된 행위를 하도록 하는 간접적인 교육효과도 있다고 생각된다.

남학생의 겨울 교복은 천편일률적으로 상하의는 모두 검정색으로, 상의는 성직자들이 입었던 것 같은 로만 칼라였다. 칼라 안쪽으로는 하얀색의 아크릴 같은 것을 덧붙였고 칼라 좌측에는 학교 배지, 우측에는 학년 배지를 부착했었다.

새학년이 되어 학년 배지를 바꾸어 달 때는 왜 그렇게 기분이 좋았었는지 모르겠다. 지금 생각해 보면 그렇게 좋은 일만은 아닌 것 같은데 사람은 빠른 세월에 아쉬움을 느낄 때야 비로소 철이 드는 모양이다.

우리 세대는, 어찌 보면 일생 동안 많은 집단시위(데모)를 경험해야 할 숙명적 운명을 타고났다는 것을 예고하는 듯 중학교 1학년 때 벌써 데모에 참가해야만 했다.

"체코는 물러갔다. 폴란드마저 물러가라."라는 구호를 외치며 인천 월미도 앞에 모여 데모를 했던 것이다.

6·25 정전 협정 감시위원단으로 공산국 대표로 와 있던 체코와 폴란드가 간첩행위를 했다는 이유로 물러가라고, 매일 수도권에 있는 중·고등학교가 번갈아 가며 참가하는 데모였다.

데모는 구한말 독립협회를 주도한 서재필, 이승만 등이 미국 민주주의 제도에서 도입한 것으로 아이러니하게도 이승만 대통령은 본인이 도입한 제도에 의해 물러나는 비운을 겪는다. 여하튼 우리는 가장 일찍, 중학생의 어린 나이에 데모를 경험한 세대다.

어느 주일날 아침 크게 난 불구경을 하느라 땡땡이를 치고 교회 출석을 빼먹은 일이 있는데 이때 "하나님 말씀 듣는 것보다 세상 불구경이 훨씬 재미있다."라는 진리(?)를 깨달았다. 아마도 나는 어렸을 때부터 문제아의 기질이 있었던 것 같다.

송도중학교에는 미국인 선교사 한 분이 계셨는데 매주 수요일 오전에는 이 분의 인도로 전교생이 대강당에 모여 예배를 드렸다. 나는 기독교 계통인 송도중학교에 입학함으로 인해 신앙생활을 계속할 수 있었던 것에 대해 감사하는 마음이다.

인천공업고등학교

중학교 3학년 때 인천공업고등학교에 재학 중인 고향 선배를 따라 우연히 그 학교를 가본 적이 있었다. 공휴일이었던 것으로 기억되는데, 실습실에는 몇 명의 실습 중인 학생들이 쇳덩이를 평평하게 깎기도 하고 쇠에 구멍을 뚫기도 하고 파이프를 만들기도 했는데 무척이나 신기해 보였다.

이것이 인연이 되어 나는 인천공고에 입학을 하게 된다. 인천공고를 택하게 된 것은 전혀 예상치 못한 순간적인 일로 내 의지보다는 하나님의 인도하심이 있었다고 생각한다.

인천공고 진학은 십중팔구 송도고등학교를 졸업하고 인문대로 진학했을 내 인생 일대의 중요한 변곡점이 되었으며 내가 '말'을 업으로 삼는 인문의 길 대신 '기술'을 업으로 삼는 '쟁이'의 길로 들어서게 만들었다.

수학여행(修學旅行)

당시 고등학교 3학년 가을이 되면 졸업 기념으로 여행을 가는 것이 관례(慣例)였다. 가을에 떠난다고 수확(收穫)여행이라 하기보다, 졸업을 기념하기 위해 가는 여행이니 졸업여행(卒業旅行)이라 하기보다는 닦을 수(修), 배울 학(學) 자를 사용한 수학여행이란 표현이 훨씬 더 멋있고 그럴싸하다는 생각이다.

수학여행이란 단어가 만들어 내는 추억의 이미지는 참 크다. 당시 수학여행 코스는 대부분 경주였는데 그해에 전대미문의 태풍 '사라호'가 전국을 휩쓸고 지나가 전국은 곳곳에 큰 피해를 입었고, 특히 경주 지역은 완전히 쑥대밭이 되었기 때문에 수학여행은 취소가 됐고 대신에 우리는 경기도 과천에 있는 관악산으로 수학여행을 갔다.

안양 방향에서 7시경에 산행을 시작해서 하루 만에 관악산 정상 연주암에서 점심식사를 하고 과천방향으로 하산하여 지금 강남구 소재의 '봉은사'까지 걸어서 행군을 했다.

지금 학생들이 들으면 무슨 특수부대 행군훈련도 아니고, 의

아해하며 거짓말이라고 생각할지도 모른다. 나이키 운동화도 신
지 않았고 아디다스 운동복도 아닌 평상 학생복을 입은 학생들
이 하루 종일 걷는, 그렇게 긴 여정에도 한 사람의 낙오자도 없
었다는 것은 아마도 보리밥 칼로리(Calorie)가 요즘의 피자나 햄
버거 칼로리보다 세기 때문이 아닐까 하는 생각이 든다.

당시 과천에서 서울 강남구 봉은사까지는 길 옆에 집 한 채 없
이 채소밭만 있었고 허기가 지거나 목이 마르면 별 생각 없이 길
양쪽으로 쭉 늘어선 밭에서 무를 뽑아 먹고는 했다. 100여 명이
2~3명씩 짝을 지어 무를 뽑아 먹어 가며 봉은사에 도착한 때는
석양이 뉘엿뉘엿할 때였다.

지금도 무를 보면 그때의 그 맛이 생각나기도 하고 무밭 주인
에게 미안한 마음이 들기도 한다. 배가 고파서 빵 한 조각 훔친
죄로 몇 년을 감옥에서 보낸 장발장이 생각나기도 한다.

삼 년 고개(수봉산 고개)

이 고개를 정상적으로 넘는 학생에게는 3년 고개지만 태만한
학생(낙제하는 학생)에게는 4년 고개도 된다. 학교 위치는 당시로

써는 시내에서 아주 멀리 떨어진 교외에 위치한 학교였는데도 버스를 이용하는 학생보다 걸어서 등교하는 학생이 훨씬 많았다. 당시 친했던 친구 중에는 만석동 괭이부리에서부터 걸어 다닌 친구가 있었다. 만석동에서 화수동 고개를 넘어 송림동을 거치면서 일행은 4~5명이 되고 나는 도화동에서 최종 합류하여 제물포역을 지나 경인도로를 건너 삼년 고개(수봉산)를 올랐다. 아마 만석동에서는 족히 1시간은 넘는 거리였을 것이다.

삼년 고개에서 내려다보면 유독 라일락꽃이 많이 피어 있는 그리고 버드나무가 인상적인 정든 교정이 멀리 내려다보인다. 지금도 때때로 그 시절 그때의 그리움이 밀려온다.

이 삼년 고개에는 많은 추억이 서려 있다. 기억에 남는 일 중에 하나는 삼년 고개를 넘는 동안 학생 신분으로는 드물게 유행가를 많이 불렀다는 것이다. 만석동에 살았던 반장이었던 세권이란 친구는 조선기술자였던 부친 덕에 집이 부유하여 당시 인천에서는 손꼽을 정도의 귀한 오디오시스템(전축)을 갖고 있어서 유행가를 많이 알고 있었고 그것을 우리들에게도 전수시키고는 했다.

그때 새로 나온 노래가 최갑석 씨의 〈삼팔선의 봄〉이었고 홍예문 근처에 있었던 시민회관에서 개최되는 KBS '전국노래자랑'에 참가한 친구를 응원하려고 시민회관에 간 적도 있었다(아깝지만 이 친구는 〈삼팔선의 봄〉을 부르다 땡!)

수많은 아름다운 추억이 깃든 나의 고등학교 시절은 내 일생에 가장 행복했던 시절이었고 황금기였으며, 흉금을 터놓고 같이 늙어가는 귀중한 평생 친구들을 얻은 때도 그 시절이다.

나에게 많은 사랑과 도움을 준, 동문수학했던 그때의 친구들에게도 고마움을 전하고 싶다. 그립기도 하다.

당시의 인천은 체육 종목이 강한 도시였다. 인천고등학교와 동산고등학교가 번갈아 가며 5년간 연속으로 전국야구대회를 석권했고 송도고등학교의 농구와 인천공고의 럭비 그리고 무선고등학교의 육상 장거리 부분도 전국을 제패하고 있었다.

일 년에 한 번, 인천의 전체 남녀 고등학교 학생들이 공설운동장(그때는 그렇게 불렀다)에 모두 모여 벌이던 학교대항 체육대회도 잊지 못할 추억 중의 하나다. 인천은 당시 서울, 부산 다음으로 큰 도시였는데 내가 고등학교에 다닐 당시 인천의 고등학교는 박문여고, 인천여고, 인천여상, 그리고 동산고, 무선고, 송도고, 인천고, 인천공고, 제물포 고등학교가 있었다. 물론 종학교는 더 많았다.

인천공고 교정

이때 공설운동장으로 향하는 학생대열 선두에는 늘 브라스 밴드(brass band)가 열기를 북돋았다. 운동장에서 웃옷을 벗고 알몸으로 응원하는 것은 인천공고의 전매 특허였는데 그날 때문에 부득불 일 년에 한 번은 목욕한다는 우스갯소리도 있었다.

배다리, 굴다리, 화수동 고개, 홍예문, 홍예문에 있던 시민회관, 도원동에 있던 용사회관, 내리교회, 창영교회 등도 생각나며 외화 개봉관이었던 문화극장과 동방극장, 방화 개봉관이었던 애관극장, 그리고 용동의 큰우물이 지금도 그 자리에 있는지 궁금하고, 가물치와 미꾸라지를 팔던 신포시장도 가보고 싶다.

그리운 인천! 인천시민의 노래를 조용히 불러본다.

여명이 아세아에 비칠 때부터
한양길 굽이굽이 백 리를 뚫고
흰 물결 넘어 넘어 사해를 펴서
자라온 인천항구 우리의 고장
한없이 뻗어 나갈 길을 위하여
우리 손 모아보자 마음도 함께

다시 읽고 싶은 글들

　다시 읽고 싶은 글들이 많이 있다. 그중 하나가 1950년대 중반 고등학교 국어 교과서에 수록되어 있던 「영동을 지나며」라는 글이다. 내가 그리운 추억 속에 다시 읽고 싶은 글들 중 가장 감명 깊게 읽었던 글들은 거의 모두 우리들 시대(1950년대 중반)에 고등학교 국어 교과서에 수록되어 있던 글들이다. 그 시절, 고등학교 국어 교과서에는 정말 아름답고 감동이 되는 주옥같은 글들이 많이 실렸었다.

　알퐁스 도데의 「별」과 「마지막수업」, 안톤 슈낙의 「우리를 슬프게 하는 것들」, 이효석의 「메밀꽃 필 무렵」, 「낙엽을 태우면서」, 민태원의 「청춘예찬」, 나도향의 「그믐달」, 정비석의 「산정무한」,

「그랜드 캐넌」, 나다니엘 호손의 「큰바위 얼굴」 등등이 생각난다.

이 중에서 「청춘예찬」은 그 시절에 거의 암기하다시피 했을 정도로 감명 깊게 읽었던 글이다.

청춘! 이는 듣기만 하여도 가슴이 설레는 말이다.

청춘! 너의 두 손을 가슴에 대고 물방아 같은 심장의 고동을 들어보라.

청춘의 피는 끓는다. 끓는 피에 뛰노는 심장은 거선(巨船)의 기관(氣灌)같이 힘이 있다. 이것이다. 인류의 역사를 꾸며 내려 온 동력은 바로 이것이다.

이 글을 읽으면 80년을 뛰어, 약해진 심장이지만 아직도 다시 힘차게 고동을 친다.

위의 모든 다시 읽고 싶은 글들은 마음만 먹으면 언제든지 구입해서 읽을 수 있는 글들이다. 그러나 다시 읽고 싶어도 글(책)을 구할 방법이 없어서 읽을 수가 없는 글이 있다. 「영동을 지나며」라는, 국어 교과서에 수록되었던 글이다. 영동은 충청북도 영동군에 있는 한 마을이며 경부선 의 한 기차역 이름이기도 하다. 이 글과 연관될 수 있는 추억을 하나 가지고 있다.

고등학교 2학년 때인가, 막연히 동경하고 있던 무전 기차여행을 떠나본 적이 있다. 당시는 무전 기차여행이 죄의식보다는 낭만적인 모습으로 비칠 때이기도 했으며 지금의 기차여행과는 전혀 다른, 마음을 설레게 하는 낭만이 있는 여행이었다.

어려운 결정인데도 불구하고 같이 가기로 한, 서일하라는 친구와 의기(義氣)가 투합되어 쉽게 결정을 내릴 수 있었다(이 친구와는 고등학교 이래로 지금까지도 가까이 지내고 있는 절친이다).

이 친구는 아버님이 철도청에 근무하고 계셨고 또 가까운 친척이 강원도 원주에 살았기에, 기차를 여러번 타보아서 기차여행에 대해서 잘 아는 편이었다.

청량리역에서 중앙선 기차를 무임승차했다(다시 한번 죄송한 마음이다). 기억이 가물가물하나 아마 개찰구를 피하여 멀리 돌아 기차에 잠입한 것 같다.

원주를 거쳐서 제천, 영주, 영천, 그리고 대구를 거쳐 서울로 귀환하는 긴 여정이었는데, 중간 중간에 차장의 검표를 피해 가며 어렵게 여행을 했다(당시는 기차에서 인민군이 썼던 모자와 비슷한 까만색에 붉은 테가 있는 모자를 쓴 차장이 차표에 찰칵 하고 구멍을 뚫는 검표가 있었다).

제천 근처에서는 또아리굴(친구의 말)을 통과하며 험난한 산을 넘기도 한 기차가 대구에 도착하자 우리는 그곳에서 일박을 한 후 다시 귀향길에 올랐다.

기차가 추풍령을 넘을 때는 정말로 힘이 드는지 숨이 차는 것처럼 칙칙폭폭하는 소리도 느려지고 속도도 사람이 천천히 뛰는 정도로 줄었다. 당시의 기차는 석탄을 땠기 때문에 힘이 들면, 기적을 울리며 시커먼 연기를 토해 내는 낭만적(?)인 그런 기차였다.

(이 여행 10년 정도 후에 남상규라는 가수가 〈추풍령〉이라는 노래로 인기가수 반열에 오르는데 그 가사의 느낌이 내가 여행할 때 느꼈던 그 감정과 너무나 똑같아 나는 그 노래를 좋아했다.—'바람도 쉬어 넘는 기적도 목이 메는'—)

기차는 추풍령을 넘어 황간을 통과하고 있었다. 「영동을 지나며」라는 글 제목이 생각났다. 이 글에서 이곳은 물 맑기가 금강산 옥류천과 맞선다고 표현한 곳이다. 영동을 지나고 신탄진을 거쳐서 서울역에 도착했다. 무사히 여행을 끝냈다.

나이가 들면서 문득 「영동을 지나며」라는 글이 다시 읽고 싶어져서 교보문고를 갔는데 글 찾기가 의외로 쉽지 않았다. 이 글을 찾기 위해 정말로 많은 노력을 기울였다. 거의 반년 동안 추적했다. 짧은 글이기 때문에 혹시 동시대 작가들의 작품에서 단서를 얻을 수 있지 않을까 해서 김영랑 시집과 수필집, 신석정 시집, 장만영 작품집, 유치진, 정지용 시집 및 수필집을 두루 뒤지고, 기타 문학전집도 많이 추적해 보았으나 허사였다.

이번에는 인터넷으로 방향을 돌려 추적하다가 시인 『이상로의 문장보감』에 수록되어 있다는 사실을 알아냈다. 그 순간 얼마나 기뻤는지 모른다. 거의 반년 만에 찾아낸 결실이다.

이 글은 경기도 부천 소사의 향토 시인 소향 이상로가 일본 동경에서 고학으로 공부하고 있을 때 청록파 시인 박두진이 그에게 보낸 편지였다. 수필이라기보다는 서간문인 셈이다. 내 능력으로는 정말 힘들게 찾아낸 글이다. 여기 글의 전부를 실어본다.

막연히 집을 나와 막연하게 다니는 길이 예정이 어그러져 최초 일정의 세배가 늦어졌습니다.

오늘은 스무나흘 지금은 오전 0시 반쯤 추풍령까지 왔다가 이제 집으로 돌아가는 차 중입니다.

옥천에서 묵을 때 군서라는 촌을 찾아갔다가 물이 푸르고 맑기가 금강산 옥류천과 맞선다는 것을 알고 곧 금강에 가보았는데 물가의 흰 모래가 하도 깨끗하기에 한나절 동심에서 어린애같이 놀다가 온 것입니다.

소박한 자연에 안기어 새로 어린 춘색에 나는 겨울을 벗어난 사슴같이 즐겁고 편안합니다.

어떤 글을 쓰는 동안 차는 황간에서 벌써 영동에 왔습니다.

차 안에는 불과 8, 9인이 있었을 뿐 거진 반 빈 것 같게 한적합니다.

바깥 풍경이 매우 화창하여 차에서 내려 걸어가고 싶습니다.

소향형!

그간 어떠하십니까?

형은 무엇을 생각하며 지내십니까?

흰 구름 둥둥 구름은 지나가고

이제 저는 다시 잠자는 시혼을 일깨워야겠습니다.

또는 멀리 나들이 간 시혼!

복사꽃 피는 마을을 찾아 혼자 나들이 간 나의 시혼을 나는 어서 불러야 하겠습니다.

이 벌을 지나면 저기 남향받이 산기슭, 그 다소곳한 마을에 복사꽃

오호! 화안한 그 복사꽃을 피리니

형!

나는 이제 복사꽃, 복사꽃이 피는 마을을 향하여 가오리까?

그러므로 이 세상 장막이 무너지면 그는 너희를 위하여 다른 한성을 예비하였나니….

소식 주시옵소서.

더욱 강건하기를 비옵니다.

1941년 0월 0일 박두진

－「영동을 지나며」

시인 박두진은 시혼(詩魂)을 불러일으키는 복사꽃 피는 마을을 그리워했다. 사람에게는 누구나 바라는 이상향(理想鄕)인 복사꽃 피는 마을이있다. 그 이상향은 실개천이 흐르고 함초롬한 초가가 있는 고향 마을일 수도, 살구꽃, 복사꽃이 흐드러지게 핀 과수원일 수도, 도연명의 무릉도원 같은 곳일 수도 있다.

내가 바라는 나의 복사꽃 피는 마을은 어디일까? 토마스 모어의 유토피아 같은 곳일까? 내가 바라는 복사꽃 피는 마을은 각종 질병으로부터오는 육체의 고통이 없는 곳이다. 그런 곳이 있을까? 세상에는 단연코 없다.

유일하게 있다면 그곳은 생명수가 흐르고 생명나무가 있는, 영혼이 평안히 쉴 수 있는 그런 곳(천국)일 게다.

아버지

아버지!

나이가 들면서 오히려 점점 더 자주 불러보는 그리운 이름이다. 그리움에 부르면 부를수록 목이 메인다.

어머니와는 장성하여서도 많은 대화를 가질 수 있었으나 아버지와는 따로 대화를 나누어 본 시간이 있었는지조차 기억이 없다. 초등학교 졸업 후 집을 떠나 독립된 생활을 함으로써 아버지와의 관계가 자연적으로 소원(疎遠)해졌고 그 이후로 아버지는 아버지 대로 성장한 내게 어려움을 느끼시는 듯하고 나는 나대로 아버지에게 침묵으로 일관하는 소원(疎遠)한 관계가 계속되어왔다.

그러나 가장 큰 이유는 어머니로부터 자주 들은, 아버지에 대한 나의 편견이 아니었나 싶다. 아버지의 가장 큰 연약함은 기독교 가정에서 자랐으면서도 주(酒)님을 아주 가까이하신 것이고, 역시 기독교 가정에서 자란 어머니는 술 마시는 것을 몹시 싫어하셨다.

나에게 어머니는 늘 아버지의 이러한 점을 불평하셨으며 나는 어머니의 이런 말씀에 점점 아버지와의 거리감을 넓혀갔고 아버지 또한 성장한 내가 자신에 대한 감정이 좋지 않다는 것을 느끼시는 것 같았다.

또 다른 아버지에 대한 어머니의 부정적 평가는 아버지의 경제적 무관심이었다. 어머니 말씀에 따르면 아버지는 돈에 별로 관심이 없으신, 실용적 표현을 빌리자면 무능하셨던 것 같았다. 이 점은 성격 탓이기도 했겠지만 경제적으로 어려움을 모르고 자란 환경 탓이었을 수도 있고 그렇게 만든 중조부님 탓일 수도 있을 것이라는 생각이 들기도 한다.

아버지는 네 분의 누이 가운데 유일한 남자였고 따라서 중조부님의 귀여움을 독차지하셨을 것이다. 중조부께서는 일찍이 야소교(예수교)를 믿으신, 신식 교육에 눈을 돌리신 분으로 손자에게 한학(서당) 대신 신학문(소학교)을 배우게 하셨다.

구한말 일본 징용이 극에 달하자 중조부님께서는 손자의 일본 징용을 피하기 위해 인천 조병창(조선기계, 인천기계제작소의 전신으로 잠수함수리 및 병기를 만들던 곳)에 아버지를 취직시켰고 아버지는 인천에서 신혼 생활을 하셨다.

어머니 말씀에 의하면 아버님은 젊었을 때 트롬본(Trumbone)을 가지고 계셨고(나는 보지 못했지만), 쌍태엽 측음기도 가지고 계셨고 엄복동의 자전거가 새로 나오자 당시로써는 아주 귀한 자전거도 소유하고 계셨을 정도로 경제적으로 어려움을 느끼지 못하는 생활을 하신 것 같았다.

현실주의자인 어머니는 늘 아버지를 낭만주의자라고 하시며 불평을 토로하셨으나 나는 한번도 아버지에게서 낭만주의적인 모습은 발견하지 못했으며 오히려 인생 후반부에 어려움을 겪고 계시던 아버지의 많은 모습들만이 내 마음속에 오래오래 각인되기 시작했다.

두 분만의 시골생활 중 어머니가 병들어 누워 계시게 됐고 고혈압과 당뇨로 나중에는 시력까지 잃으신 어머니의 병수발을 하게 되신 아버지께서는 손수 빨래도 하시고 밥도 하시고 시간이 되면 어머니가 추울세라 밤에도 한 번씩 일어나셔서 군불을 때시곤 하셨다.

어머니께서 누워 계시니 아버지가 모든 일을 감당하시는 것은 너무나 당연한 일인 것으로 생각하고 있었던 나는 그 시절 전형적인 불효자식처럼, 어머니 생신에 한 번, 아버지 생신에 한 번, 추석에 한 번 그리고 신정, 구정에 한 번 등 일 년에 5~6번 찾아

뵙고, 돈이나 몇 푼씩 보내드리면서 내 할 일을 다한 것처럼 착각하며 살았다. 나이가 들어서야 점점 아버지에 대한 불효가 생각이 나서 통한(痛恨)에 가슴을 치고 있다.

농사일하시랴, 나무 땔감 해오시랴, 부엌 살림하시랴, 힘드셨던 아버지 모습을 떠올리면 눈가가 촉촉해지고 가슴이 아리다. 힘들어하시는 아버지에게 따뜻한 위로의 말씀 한마디도 못 해 드리며, 나는 무엇을 했나 하는 회한(悔恨)에 생각하면 할수록 마음속으로 통곡하게 된다.

아버지는 그런 생활을 십여 년 넘게 하셨다. 아버지는 천성적으로 선하신 분이었다. 자식들에게도 싫은 내색, 싫은 소리를 하지 않으셨고 가끔 술을 드시는 것만이 유일한 위로인 것처럼 보이셨다.

아버님을 회상하는 아주 공감이 가는 글을 읽은 적이 있다. 아마 내 나이보다 몇 년 위이셨던 것 같은 최연택 목사님의 글이다. 그는 편도로 약 3시간 이상 소요되는, 경기도 연천에서 서울 신설동에 있는 대광고등학교를 통학했다고 한다.

경기도 연천군 상리역에서 기차를 타고 청량리역에서 내려 신설동 로터리 부근에 있는 대광고등학교까지 뛰어서 등교(登校)했으며 반대로 오후 5시쯤 학교를 마치고 청량리역에서 기차를 타고 연천군 상리역에 도착하면 밤 9시 전후가 되었다고 했다.

다음은 그가 아버지를 회상한 내용이다.

어느 날 학교를 마치고 청량리에서 기차를 타고 집에 가는 길에 깜박 잠이 들었다. "학생 일어나, 다 왔어~" 하는 말에 깨어 보니 상리 역을 지나쳐 종점에 와 있었다.

차에서 내려서 비까지 진득진득 내리는 칠흑 같은 어두운 철길을 따라 상리역을 향하여 걷기를 2시간…. 그때 상리역 쪽에서 희미한 불빛이 흔들리는 것이 보였고 대뜸 아버지인 것을 직감했다.

아버지는 그때까지 2시간 동안이나 나를 기다리고 계셨던 것이다. 막차 시간이 이미 지난 것을 아셨는데도 비를 맞으며 2시간을 기다리신 것이다. 아버지는 아무 말씀도 하지 않으셨다.

"가자!"

"깜박 졸다가 지나쳤어요~"

"그럴 줄 알았다~"

그 후로는 아무 말씀도 하지 않으시고 앞서 성큼성큼 걷고 계셨다. 등불에 그림자 진 아버지의 등이 보였다.

아버지는 아들의 상황을 잘 알고 계신다. 이게 아버지의 마음이다.

나는 동네에서 베풀어준 나의 군입대 송별식 중에 자리에서 슬며시 일어나 뒷산으로 올라가시던 아버지의 외롭고 쓸쓸해 보이는 뒷모습을 잊을 수가 없다. 나중에야 알게 된 일이지만 아버지께서도 방앗간을 운영하시기도 했고 여러 가지 사업에도 손을 대시면서 나름대로 경제적 노력을 하셨다고 한다.

숱한 어려움 속에서 눈물을 삼키면서 말없이 묵묵히 가장으로서 나름대로의 책임을 다해 왔던 사실은 묻히고, 삶이 왜곡되고 잘못하신 점만 부각되고, 평가 절하되고 있는 아버지들은 없는지…

"자식은 화살이고 부모는 활이다."라는 말이 있다. 활이 많이 휘면 휠수록 화살은 멀리 날아간다. 자식들의 성공 뒤에는 많이 굽어진 부모님의 등이 있다는 뜻이다. 부모님의 등을 많이 굽혀 놓은 자식일수록, 성공한 자식일수록 부모님을 떠나 정말로 멀리 날아가 버리는 경우가 많다.

그러나 물리적으로는 아무리 멀리 떠났어도 그들에 대한 염려와 애정은 항상 근심 걱정이라는 현상으로 부모님 곁에 머물러 있다. 그래서 '무자식 상팔자'라는 말이 나왔는지도 모른다.

아버지 하면 늘 내 마음을 적시는 글귀들이 있다.

아버지에게는 두 계절만 있다 한다. 가을과 겨울뿐이란다.

아버지의 술잔에는 눈물이 반이라 했다.

아버지는 울 곳이 없다고 했다.

아무 곳에서나 눈물을 흘릴 수가 없다. 그래서 외로운 곳에서 혼자 울고 계신다. 집안에 어려운 일이 생길수록 더더욱 그렇다. 어머니의 눈물은 얼굴로 흐르고 아버지의 눈물은 가슴으로 흐른다고 했다.

어려운 가운데서도 사랑하는 가족을 이끌어 가야 한다는 무거운 책임감과 강박관념에 힘들어하셨으면서도 내색하지 않으시고 굳건히 자리를 지키셨던 아버지를 왜 생각하지 못했을까?

아버지를 내 판단 기준하에 이성적으로만 대했지 따뜻한 마음으로 대해드리지 못했다. 이 세상에서 가장 먼 길이 머리에서 가슴으로 가는 길이라더니 아버지를 가슴으로 이해하고 그리워하는 데 70여 년의 세월이 흘렀다.

수욕정이풍부지(樹欲靜而風不止)

나무는 고요하고자 하나 바람이 그치지 않고

자욕양이친부대(子欲養而親不待)

자식이 봉양하려고 하나 어버이가 기다려주지 않는다

이 말이 이렇게 실감이 나고 가슴을 아프게 할 줄 몰랐다. 아버지 생각을 하면 할수록 불효한 일들이 하나씩 혹처럼 덧붙어서 아프게 떠오르고 잘한 일이라고는 눈곱만큼도 떠오르지 않는다. 괴롭고 고통스러워 생각을 하지 않으려 하면 할수록 더 생각이 난다.

〈불효자는 웁니다〉라는 노래가 있다. 그러나 이 가슴에 얹혀 있는 불효의 응어리는 노래 한 번에 없어지지 않는다. 시도 때도 없이 밀려오는 통증이다. 명치에 딱 얹혀 내려가지 않는다. 너무 답답하고 아프다.

불효한 자식만이 느낄 수 있는 고통이요 되돌려 받는 대가다.

아버지!

80줄에 들어선 불효자식이 늦게 불러보는 그리운 이름이다.

2장

삶

인생은 흘러가는 것이 아니라 채워지는 것이다.
우리는 하루하루를 보내는 것이 아니라
내가 가진 무엇으로 채워 가는 것이다.

-존 러스킨

인연(因緣)

　아침에 세수를 하다가 거울을 보니 어제와는 별로 변함이 없는 모습이다. 일주일 전에도, 한 달 전에도 그 전날과는 조금도 변하지 않은 모습이었는데 십수 년 전의 모습과 오늘의 내 모습은 너무나도 달라져 있다.

　언제 이렇게도 몰라보게 변했을까? 매일매일 거울을 볼 때는 변하지 않고 있다가 거울을 보지 않을 때만 몰래 변했나 아니면 하루하루 눈에는 띄지 않는 미세한 변화들이 쌓이고 쌓여 큰 변화를 일으켰을까?

　그동안 십수 년간 보지 않다가 오랜만에 보아서 그런가 결혼식 사진을 보니 신랑 이름은 내 이름이 맞는데 신부 옆에 서 있는 사람은 내가 아닌 아주 낯선 젊은이같이 보인다.

사진첩을 내려놓고 창문 너머로 내리는 봄비를 바라보며 조용히 그동안에 스쳐 간 많은 인연들을 떠올려 본다. 너무 오래돼서 기억이 가물가물한 일로부터 엊그제 일인 것처럼 또렷하게 떠오르는 인연까지 마치 영사기를 빠르게 통과하는 활동사진 필름처럼 머리를 스치고 지나간다.

영화

나는 영화(활동사진)와 오래된 인연이 있다. 내가 처음 영화를 본 시기는 1952년 6·25 전쟁 중이었다. 초등학교 5학년이 되던 1952년에 강화군 내가면 고천리. 내 고향 집과 가까운 '박골'이란 곳에 미군 부대가 주둔하고 있었는데, 그곳에서 매주 수요일과 토요일 저녁에 영화를 상영했었다.

야외에 높이 스크린을 설치하고 날이 어두워지면 상영을 했다. 매주 수요일, 토요일이면 동네 아이들과 영화를 보러 갔고 1년 6개월간(6학년 중반까지) 본 영화가 어림잡아 4~50편은 되지 않을까 싶다.

대부분 흑백 영화였고 나중에는 천연색 영화(당시는 그렇게 불렀다)가 상영되기도 했는데, 한국어 자막 없이도 대강의 줄거리를 알 수 있다는 것이 참 신기했다.

영화 제목과 주연 배우들은 나중에 성장 후에 알게 되었지만, 당시 본 영화 중에는, 〈북소리〉(게리 쿠퍼), 〈역마차〉(존 웨인), 〈하이눈〉(게리 쿠퍼, 그레이스 켈리), 〈아파치요새〉(헨리 폰다) 등 흑백 영화부터 〈돌아오지 않는 강〉(로버트 미첨, 마릴린 먼로), 〈쉐인〉(앨런 래드) 등 천연색 영화 등도 있었던 것으로 기억된다.

그곳에서는 영화를 보기도 하고 가끔 학용품도 얻었는데 그중 잠자리가 그려져 있는 '톰보'라는 노란색 연필과 그림책과 크레용이 기억에 남아 있다.

나는 그곳에서 영화에 흥미를 느꼈을 뿐 아니라, 알지는 못하지만 미국말을 많이 들었고, 미국 사람들에게 친근감을 갖게 되었고, 제법 친한 미군도 생겼을 정도로 미국 문화를 일찍 접한 셈이 되었다.

이렇게 초등학교 때부터 익숙해진 미국 문화와의 인연은 먼 훗날 나에게 의미 있는 일이 된다.

인기회(仁機會)

몸이 불편하니 행동반경도 좁아지고, 자연히 참석하던 모임의 종류와 횟수도 줄어들게 되고, 이제는 가장 소중한 인연과의 모임에만 참석하게 된다.

인천 화력발전소 기계과에서 같이 근무하던 인연들의 만남인 '인기회(仁機會)'라는 모임이 있다. 선배님 몇 분을 제외하고는 사회생활의 첫 직장이나 다름없는 곳에서 30대 초반의 젊은 나이에 인연을 맺어 80이 가까워지는 나이까지 이어지는 인연들끼리의 모임이니 그만큼 소중하고 애착이 가는 모임으로, 어느 때고 흉금을 터놓고 대화를 할 수 있는, 편안함을 느낄 수 있는 그런 모임이다.

이 모임은, 다른 어떤 모임에서는 보기 어려운 여러 가지 특혜(?)가 있다. 우선 모임을 위한 공간인 고정 사무실이 제공되어 만나기 위해 장소를 매번 옮겨 다녀야 하는 불편함이 없고 식사도 늘 제공되고 때로는 우리 모두에게 여행의 즐거움도 누리게 해준다. 말하자면 회원들의 복지 (?) 프로그램이 완벽한 모임이다.

이 모든 편의를 제공하고 있으며, 모임을 만드는 데 큰 역활을 했고 지금도 끊임없이 회원들에 대한 깊은 배려와 물심양면의 헌신을 하고 있는 모기업 이 회장은 나와 1970년을 전후하여 한전

인기회원

의 같은 부서에서 근무했고 집도 이웃하여 살면서 서로 가족까지 잘 아는 사이였고 수시로 곡차도 적당히(?) 즐기던 친구다.

다른 회원들은 한전(韓電)에 입사한 후에 맺어진 인연이지만 이 친구와 나는 한전 입사 전 당시 국내 굴지의 기업인 애경유지(愛敬油脂)를 매개체로 하여 만날 수밖에 없었던 필연적 인연이있다. 말하자면 설계능력 배양학교의 동문이라고나 할까!

모든 사람들에게는 하나님이 주신 특별한 각각의 재능이 있는데, 우리들 대부분은 그 재능을 발휘하지 못한 채 일생을 살아가는 데 반해 이 친구는 그야말로 자기의 재능과 기능을 최대로 발휘할 수 있는 가장 적절한 분야에서 일을 하게 된 대표적인 친구가 아닌가 생각된다.

유머가 있고 언제나 사람의 마음을 편안하게 해주는 마력이 있는 이 친구는 퇴직 후 직장생활을 조금 더 하다가 기업가의 길로 들어섰다. 조그마한 회사를 설립한 후 쉽지 않은 환경에서도 모든 열정과 천부적인 기업가적 재능을 발휘하여 시시각각으로 변하는 기업경쟁 환경과 점점 더 요구 분야가 넓어져 가고 있는 노사 간의 문제 등 수많은 위기와 역경을 슬기롭게 극복했다. 마침내 설립 30여 년 만에 회사를 대기업 반열에 진입시킨 후 이제는 긍정적이며 여유 있는 삶을 영위하며 여전히 인기회를 물심양면으로 도와 이끌어 가고 있어 늘 회원 모두가 고맙게 생각하고 있다.

회원들의 평안과 건강을 기원하며 이 모임이 오래 지속되기를 바라는 마음에서 어느 모임의 홍보문구를 인용한다

"인기회 모임은 국가비상사태보다도 우선한다."

함박눈

크리스마스캐롤이 거리에서 흘러나오는 세모(歲暮), 땅거미가 내린 어느 저녁 소리 없이 펑펑 내리는 함박눈을 맞으며 그녀와 나는 중랑천 뚝방길을 걸었다.

세상의 문명에 오염된 모든 잔재들은 하얀 눈 속에 덮여서 주위는 순백색의 깨끗하고 순수하고 아늑한 모습이었고 멀리 뿌옇게 보이는 가로등의 불빛은 더없이 평화스러운 모습이었다. 우리 둘만의 사랑의 행로를 지켜주려는 듯 인적마저 끊긴 조용한 뚝방길을 한없이 걸었다.

하늘에서 내려주는 축복의 함박눈을 맞으며 발목까지 덮이는 눈길을 걸으며 우린 서로 말이 별로 없었다. 우리 둘 모두는 대화가 오히려 이 소중한 행복을 깨지는 않을까 생각했던 것 같다. 둘이 손잡고 함께 가기에는 좁은 길이었지만 손을 놓고 앞뒤로 떨어져서 걷기가 싫어 손을 잡고 나란히 걸었다.

좁은 길에서 미끄러져 넘어지면 잡은 손을 당겨 일으켜주면서 마주치는 서로의 미소에 한없는 행복을 느끼면서, 앞으로 이 행복을 함께 영원히 간직하면서 살았으면 하는 마음이 간절했다.

빨간 코트에 긴 부츠를 신고 걷는 그녀의 옷에 흰 눈이 쌓이고 길가에 서 있는 나뭇가지도 소복이 쌓인 눈꽃 송이를 안고 저마다 머리를 숙여 우리에게 축복의 묵례를 보내고 있었다.

바람 한 점도 없이 평화스럽게 내리며 뺨을 스치는 설편(雪片)은 하늘로부터 내려오는 부드러운 축복의 어루만짐 같은 느낌을 주었다. 중랑교 근처에서 어느새 왕십리까지 걸었다. 거의 2시간 이상을 걸은 것이다.

이제는 헤어져야 할 시간이었다.

"먼저 가~ 가는 것 보고 나도 갈게."

"자기가 먼저 가~ 나도 갈게."

가다가는 돌아보고 또 돌아보기를 여러 번, 반복하는 헤어짐을 계속했다. 이윽고 그녀를 태운 삼양동행 버스가 사라지고 나는 아쉬운 마음으로 한참을 더 바라보았다.

"헤어져야 또 만날 수 있지~"

헤어짐의 아쉬움을 덮어주려는 듯 함박눈은 평화스럽게 계속 내렸다.

얼마 전 추억을 더듬어 보려고 중랑천 뚝방길을 찾아보았으나 개발이라는 물결에 흔적도 없이 모두 사라져 옛 모습을 찾아볼 수가 없었다. 눈에 보이는 흔적은 쉽게 사라질 수 있으나 가슴 속에 남아있는 추억은 쉽게 사라지지 않는다.

함박눈이 내릴 때면 한명숙 씨의 "눈은 내리는데~"를 흥얼거리며 추억을 회상하고는 한다.

"우리는 걸었네. 하염없이 하염없이 밤이 새도록~"

바둑

집안을 정리하다 보니 오래된 바둑판과 여기저기 깨진 상처난 바둑알들이 눈에 들어온다. 이 바둑판과 바둑알에는 나와 아내의 어린애 같은 전쟁(?)의 추억이 스며 있다. 아내에게 바둑을 가르쳐 주려고 당시 거금을 들여 그럴싸한 바둑판을 구입했다. 각고의 노력 끝에 가르쳐 준 아내의 실력이 제법 늘면서부터 문제가 시작됐다.

전쟁은 아내의 한 수 물러 달라는 무리한 요구가 발단이 된다. 물러나 주면 내 대마가 죽을 판이라 거절하면 "사람이 물러줄 수도 있는 거지, 남자가 째째하게, 그런 남자인지 몰랐네~" 어쩌구 하면서 심기를 건드린다. 할 수 없이 물러주고 계속 두다 또 물

바둑 상대였던 로저 스미스부부와 함께

러주고 하다가 이번에는 내가 실수를 해서 대마가 죽게 되고 한 수 물러 달라고 하면 "한 번 두었으면 그만이지 왜 물러달래, 제대로 두어야지." 하고 성질을 돋운다.

급기야 내 입에서 "안 둔다, 안 둬." 하는 소리와 함께 바둑알이 방바닥 여기저기로 흩어지고, 상처를 입은 바둑알도 생긴다.

"내가 다시 당신하고 바둑을 두면 사람이 아니고 내가 성을 간다."라고 하면 "누가 아니래, 나도 그래."라고 응수하는 아내는 영 만만치가 않다. 평소의 우리와는 180도 달라진, 이때의 우리들 사이는 견원지간(犬猿之間)이 되고 오(吳) 나라 월(越) 나라가 되어 아옹다옹, 으르렁거린다.

이때의 아내는 중랑천 뚝방길을 같이 걷던 다소곳하고, 순진했던 아내가 아니다. 그러다가 하루가 지나면 "바둑 한 판 둘까?" 하고 내 성(姓) 씨는 김 씨로 바뀌면서 나도 아내도 아무 일도 없었다는 듯 바둑판에 다시 앉아 조금 있다 또 싸우고 다시 마주 안고 또 싸우기를 반복하고 내성은 이 씨, 박 씨로 계속 바뀐다. 이 계속되는 어린애 같은 전쟁은 결국 외세(미국)의 개입으로 끝이 나게 된다.

내가 울진원자력발전소 3, 4호기 설계책임자(APM-E)로 재직 시 기계기술부 이지에스(EGS)로 근무하던, 로저 스미스가 바둑을 배우고 싶다고 부인과 함께 거의 매일이다시피 우리 집으로 와서 바둑을 두는 바람에 내 바둑 상대는 바뀌게 되고 아내와의 어린애 같은 전쟁도 종말을 고하게 되었다.

스미스의 바둑 실력이 한참 향상될 무렵 나는 울진 현장으로 내려가게 됐고 이 친구는 미국 본사로 돌아갔다. 이런저런 사유로 인해 소식이 끊긴 채, 그가 선물로 주고 간 '워터맨' 고급 만년필만이 인연의 흔적으로 남아있다.

인연의 흔적은 사물에만 남아있는 것이 아니고 기억이라는 보석함 속에서도 아름다운 모습으로 남아있다.

모든 인연들이 다 그립고 소중하기만 하다.

산다는 것

금세 여기까지 온 것 같은데 돌아보니 참 먼 길을 걸어왔다. 소박한 희망과 즐거움, 때로는 좌절과 아픔의 시련을 반복하며 무심한 세월에 휩쓸려 살아오다 보니 어느새 80 고개를 앞두고 있다.

허무하게 살았다는 생각에 짧은 여생이라도 삶다운 삶, 가치 있는 삶을 살아보리라 생각을 해보지만 산다는 것은 무엇이고 가치 있는 삶이란 무엇인지 어렴풋한 윤곽만 잡힐 듯, 도무지 갈피를 잡을 수가 없다.

삶이란 철학적 영역에서만, 그것도 어렵게 정의를 내릴 수 있는 것일까? 산다는 것은 무엇일까? 어떤 삶이 가치가 있는 삶일까? 산다는 것이 무엇인지 어려워 공자도 '미지생(未知生) 언지사

(焉知死)'라고 말했을까?

각자의 생각이 다르듯 각자의 삶에도 동일한 것이라고는 하나도 없는, 너무나 많은 다양성이 존재할 수밖에 없는 것 같다.

따라서 삶이란, 공자의 말처럼, 법적 도덕적 통념(通念)을 벗어나지 않는 범위 내에서, 자기 나름대로 정의하고 살아가야 하는 것이 아닐까 하는 생각이 든다.

공자도 논어 위정편에서 '칠십이종심소욕(七十而從心所欲), 불유구(不踰矩)' 즉 인생 나이 칠십이면 법에 저촉되지 않는 범위 내에서 마음대로 할 수 있다고 했다.

눈을 뜬다. 눈에 들어오는 것들은 모두 익숙한 어제의 그 천장이고, 방이고, 공간들이니 또 추가된 하루가 시작된 것이다. 요즘은 목디스크와 허리 통증으로 심한 고통을 받고 있다.

질병의 고통이 심할 때면 '내일이 오지 않았으면' 하고 강력하지는 않지만 은근하고도 가느다란 희망 속에 잠자리에 들지만 삶의 애착이 더 강했는지 '그 내일'이 또 왔다. 그 내일이 오고 또 오면서 삶은 계속된다. 그게 삶일까?

나는 새벽 4시 45분에 잠에서 깬다. 아내가 새벽기도를 드리러 가는 시간이다. 아내가 나가고 나면 나는 곧 일정한 법칙도 순서도 없이 이 방법 저 방법 써 가며 그냥 움직여서 굳어진 몸을 풀어본다.

산(山)에 가서 아주 눕기도 전에 몸이 굳어져 방구석에 드러누워 가족에게 피해를 줄까 겁이 나서 필사(?)의 노력을 기울이는 것이다.

나는 방구석에 아주 누울 가능성이 있는 척추관협착증을 가지고 있을 뿐 아니라 겉으로 보기에는 크게 나타나지 않는 심한 목디스크, 연하장애(삼킴장애), 위장장애 등으로 고통을 받고 있다. 동년배의 다른 사람들은 한두 개 정도 가지고 있을 법한 질병을 크게 욕심내어 모두 가지고 있는 셈이다. 따라서 십수 년간 상쾌한 아침을 맞이해본 적이 없다.

"오~ 뷰티풀 데이(Oh, Oh, Oh Beautiful day)"라고 외치는 다니엘 분의 노래를 들으면 나도 죽기 전에 아침에 일어나 "오~ 뷰티풀 데이"라고 한번 외쳐봤으면 하는 마음이 간절하다.

내 의지와는 상관없이 조물주의 계획에 의해 이 세상에 왔다가 다시 조물주가 데려갈 때까지의 유한한 기간의 모든 활동을 삶이라고 말할 수도 있겠다. 이 유한기간(有限期間)을 사는 인간의 일생을 하나의 긴 꿈이라고도 하는데 그 대표적인 인물로 김만중을 꼽을 수 있겠다.

이조 숙종 때의 서포 김만중은 『구운몽(九雲夢)』이라는 소설에서 인간의 일생을 하나의 긴 꿈 즉 일장춘몽(一長春夢)이라 표현했다. 너무나 진부한 이야기일 수 있지만 "보는 관점에 따라 다르다."라는 말이 있다.

그러나 인간의 일생이란 한낱 꿈으로 보기에는 너무나 많은 희로애락(喜怒哀樂)의 부침이 있는 긴 세월이라는 생각이 든다. 탄생에서 죽음까지의 기간을 영겁(永劫)이라는 측면에서 보면 찰나(剎那)에 지나지 않는 짧은 기간이지만, 세속적 척도인 시간이라는 개념으로 보면 70에서 100년에 이르는 길고도 긴 기간이요 특히 각종 질병으로 고통을 당하는 사람들에게는 기나긴 고해(苦海)의 세월일 수 있다.

969년을 살았다는 히브리 사람 무드셀라는 아프지 않고 고통 없이 그 긴 세월을 살았다. 「귀천」의 천상병 시인은 고통 없는 세상을 살고 갔을까? 그는 「귀천」이란 시에서 "아름다운 이 세상 소풍 끝내는 날 가서(하늘나라) 아름다웠다고 말하리라."라고 노래했다. 이 세상의 무엇이 그렇게도 아름다웠을까? 하긴 그 사람이 살아온 삶의 형태에 따라서 세상의 삶은 아름다울 수도 있고 고통의 세월일 수도 있을 것이다.

삶의 형태는 참 다양하다. 60kg의 몸을 끌고 다니기에 필요한 최소한의 에너지 보충을 위해 할 수 없이 몇 가지 음식을 위장에 억지로 채우는 나 같은 삶이 있는가 하면 정력적이고 장수에 필요한 에너지를 보충하기 위해 해외까지 원정해 가며 뱀탕과 곰발바닥을 음미하는 삶이 있다.

꼼짝하기도 어려워, 한쪽 팔은 저쪽에 있고 몸은 이쪽에 있는 콩나물 차를 타고 하루종일 직장에서 힘들게 일하고, 퇴근 후에는 또 회식이라는 달갑지 않은 장소에도 참석해야 하고 귀가해서는 파김치가 된 채 야당당수(부인)를 필두로 일치단결하여 늦은 귀가의 책임을 추궁하며 보내는 눈빛들과의 아웅다웅에서 수세에 몰리는 삶이 있는가 하면, 같은 민족끼리(어떤 시대에는 칠왕자라 하기도 하고, 어떤 시대에는 오렌지족이라고도 했다) 경치 좋은 한적한 곳에 있는 별장에서 하얀 천으로 덮인 고급 식탁 위에 차려진 제비집, 상어 지느러미로 만든 산해진미 요리에 나폴레옹 코냑 몇 년산으로 목을 축이며 느긋하게 시간개념 없는 파티를 즐기는 삶도 있다.

장소도 워낙 은밀하여 "금준미준은 천인혈이요(金樽美酒千人血) 옥반가효는 만성고(玉盤佳肴 萬性膏)"라고 소리치며 "암행어사 출두요." 하고 육모방망이를 든 아저씨들이 나타날 확률은 전혀 없는 그런 비밀스럽고 한적한 곳이다.

어깨, 허리, 회전근, 관절 등 사지가 굳어질까 걱정이 돼서 공원에 설치된 무료 운동기구에 열심히 매달리는 삶이 있는가 하면 아름다운 몸매관리를 위해 헬스클럽에서 고가의 맞춤 운동을 하는 삶도 있다.

"그 친구 재산 다 자식한테 나누어주고 빈털터리가 되더니 요즘은 몸도 불편하여 개고생한다지.", "자식 다 소용없어(그럼 어떤 사람, 누가 소용 있는 건지?). 벌어놓은 돈 다 쓰고 가야지. 그랜드캐년에 휠체어를 타고 내려가는 길은 없어." 하면서 자기가 벌어놓은 돈은 나중에 다른 사람이 써서는 절대로 안 되는 것처럼 외쳐대는 심술 궂은 늙은이의 삶도 있다.

돈이 있더라도 자기가 꼭 써야 한다고 고집하지 않고 어려운 사람을 도우며 곳곳에 적지만 기부도 하면서 내가 쓰지 않으면 자녀들이나 혹은 누구라도 유용하게 쓰면 좋은 것이지 꼭 내가 다 쓰고 가야 하나? 라고 하며 모든 것을 내려놓고 조용히 아름다운 모습으로 남은 여생을 보내고 있는 존경스러운 노인의 삶도 있다.

"영과 진리로 예배하라."라는 예수님 말씀에 합당치 못한 자신의 죄 때문에 아직도 하나님을 아버지라 부르는 것이 죄스러워 참회하는 마음으로 교회에 참석하는 삶이 있는가 하면, 하나님과는 전혀 관계없는 삶을 살다가(설명하지 않아도 자신이 잘 안다) 교회에 가서는 경비아저씨를 부르듯 거침없이, 남이 잘 듣도록 큰소리로 하나님 아버지를 불러대어 자신의 신앙심 두터운 모습을 나타내 보이려 애를 쓰며, 각종 이권이 있는 곳이라면 이곳저곳 가리지 않고 쫓아다니며, 'A' 집사 'B' 권사 또는 'C' 선교회와의 교제에만 중점을 두는 일종의 문화생활의 방편으로 교회에 나가는 삶도 있다.

다음은 우리가 젊었을 시절에 많이 읽던 「삶이 그대를 속일지라도」라는 알렉산더 푸시킨의 시다.

삶이 그대를 속일지라도
슬퍼하거나 노하지 말라
절망의 날을 참고 견디면
기쁨의 날은 반드시 오리니…

인위지덕(人爲之德): 즉 '참고 견디는 것'이 덕이라고 주장하던 푸시킨 자신은 부인의 불륜에 차분히 대응하지 못하고 성질 급하게 결투를 신청했다가 황천객이 됐다. 푸시킨과 같이 때때로 말과 행동이 다른 모순적인 삶을 사는 것이 어쩔 수 없는 인간의 모습인가보다.

같은 사람이 환경에 따라 삶의 형태가 다양한 형태로 변하는 것을 나는 많이 보아왔다. 삶이란 언제 어떻게 바뀔지 아무도 모른다. 이랬던 삶이 저랬던 삶이 되기도 하고 저랬던 삶이 이런 삶으로 바뀌는 것이다.

인간의 기본 본성은 다양성이다. 따라서 현재 나의 생각과 다른 삶을 산다고 함부로 타인의 삶을 평가하고 비난해서는 안 되겠다는 생각이 든다. 하지만 "이런들 어떠하며 저런들 어떠하리." 라고 하며 되는 대로, 무의미하게, 등 떠밀려 내려가는 강물처럼 피동적인 삶을 선택하기보다는 얼마 남지 않은 삶이라 해도 하나님이 주신 귀중한 삶이니 최선을 다해 능동적이고 의미 있는 삶을 살아가야 하지 않을까 생각해본다.

나이가 점점 들어감에 따라 자신을 뒤돌아보고 성찰해보는 사색의 시간이 늘어난다. 나는 어떠한 삶을 살아왔을까 뒤돌아보니, 한없이 부끄럽고 후회되는 삶의 연속이었을 뿐이다.

무엇 하나 제대로 성취한 것이라고는 하나도 없고 그래도 이것만은 하고 내놓을 만한 구석이란 것도 전혀 없다. 선현들이 정의하는 가치 있는 삶하고는 너무나 차이가 나는 삶이다. 그러다 가치 있는 삶을 스스로 정의해 본다.

신문지상에 혹은 사람들 입술에 그 이름이 회자(膾炙)되지는 못한다 하더라도, 최소한 후세에 오명의 흔적을 남기지만 않아도 훌륭한 삶이요 가치 있는 삶을 산 것이 아닐까? 스스로 찾아낸 자기합리화를 위한 변명이다.

이룩한 것 없이 무명으로 조용히 갈 수밖에 없는 나로서 오명이라도 남기지 않으려면 남은 세상 살아가는 동안 내 걸음걸이 하나만이라도 곧게 걸어가리라 다짐하며 서산대사의 시(詩) 「답설야중거(踏雪野中去)」를 떠올려 본다.

눈 내린 들판길을 걸어갈 때
함부로 어지러이 발걸음을
내딛지 마라
오늘 내가 남긴 발자국이
뒤에 오는 사람의 길이 되리니

　　　　　　　　　　　　　　　－「답설야중거」

결국 산다는 것이란 본향(천국)을 향해 가는 긴 여정이요, 죽어서 남길 흔적을 쌓아가는 과정이 아닐까 하고 생각한다.

내가 오늘 보내는 삶은 후에 어떤 흔적으로 남을까?

행복의 원천

행복이란 '욕구와 욕망이 충족되어 만족하거나 즐거움을 느끼는 상태'라고 나무위키 백과는 정의(定義)하고 있으며, "행복의 비결은 남들이 걱정을 더 할 때 좋은 일을 세어보는 것이다."라고 윌리엄 펜(william pen)은 말하고 있다.

전자에서는 만족하는 삶에 행복이 있고 후자에서는 가지고 있는 것에, 감사하는 삶에 행복이 있다고 말하고 있다. 두 가지 모두가 행복은 외적 기준이나 환경에 달려 있지 않고 마음속에 있다고 말하고 있는 것이다.

독일의 심리학자요 철학자인 에릭프롬(Eric Fromn)은 행복을 소유지향적행복과 존재지향적 행복으로 구분했다.

소유지향적 행복이란 돈, 명예, 권력, 지식 등을 소유함으로 얻으려 하는 행복을 말하며, 아무리 많이 소유해도 더 소유하고 싶어지는 특성을 가지고 있다고 지적한다.

존재지향적 행복이란 하나님이 주신 생명 즉 존재 자체에서 얻으려 하는 행복을 말하며, 물질 소유에 자기 능력을 소비하는 대신 생산적이고 유익한 일에 헌신함으로써 만족하는 특성을 가지고 있다고 한다.

소유의 많음이 행복을 가져다주지 못한다는 사실을 누구나 한 번씩은 경험해 보았을 것이다. 가지고 나면 더 가지고 싶어 하는 인간의 끝없는 탐욕 때문인 것이다. 우리는 욕심을 얘기할 때 돼지를 곧잘 비유한다. 인간의 탐욕이 고작 돼지 정도일까? 이는 엄청난 왜곡이며 돼지에 대한 큰 모욕이라고 생각한다.

그리스 신화 '미다스의 손'은 우리에게 인간의 탐욕이 얼마나 끝이 없는가를 잘 알려 주고 있다. 엄청난 재산을 소유하고 있음에도 불구하고, 그리스의 왕 '미다스'는 여기에 만족하지 않고 신(神) '디오니소스'에게 손에 닿는 모든 것을 황금으로 변하게 해달라고 간청하여 소원을 성취한다. 행복했을까?

먹으려고 손을 대면 모든 음식은 황금으로 변해 먹을 수가 없었고 무심코 귀여운 자기 딸에 손을 대자 급기야 그 딸마저 황

금상으로 변하는 비극을 맞는다.

인간은 끝없는 욕심 때문에 소유지향적 삶으로는 행복을 얻을 수 없다는 것을 간파하고 '에릭프롬'은 소유지향적 행복 추구 대신에 존재지향적 행복 추구를 강조했던 것 같다. 길가에 핀 꽃을 보고, 향기를 맡으며, 아름다움을 느끼는 것은 존재지향적 행복이고, 그 꽃을 꺾어 자기 집 꽃병에 꽂아 놓고 보는 것은 소유지향적 행복이다. 꽃병의 꽃은 곧 시들고 다른 꽃으로 채워져야만 한다.

행복은 소유에 있는 것이 아니고 하나님이 주신 생명 즉 존재 자체에 있는 것이라고 성경은 여러 곳에서 언급하고 있다. "솔로몬의 영화가 이 꽃만 못하니라."라고 예수님은 말씀하신다. 솔로몬의 영화(榮華)는 인위적으로 얻은 즉 소유의 영화이고 꽃의 영화는 존재적 영화라고 볼 수 있다. 예수님은 성전 꼭대기에서 뛰어내리면 온 세상을 주겠다는 사탄의 소유라는, 달콤한 유혹을 물리치셨다. 두 가지 모두 소유지향적 삶보다 존재지향적 삶을 강조하신 것이다.

하나님이 주신 생명 즉 존재 자체에 가치를 두고 살아가야 할 사람이 노년이 되어서도 아직 소유에 최대의 가치를 두고 사는 사람을 가끔 보게 된다. 본래 사람들에게는 가진 것에 대한 자랑을 불식 간에 좀 하는 경향이 있다. 그러나 소유에 모든 가치를 부여하며 사는 사람들은 자신이 소유하고 있는 것을 지나치게 자랑한다.

자신이 소유한 아파트, 부동산, 주식 등 경제적 부를 자랑으로 시작해서 자식 자랑, 학력과 경력과 가문 자랑, 자기와 관계를 맺고 있는 지인이나 친척의 부와 명예를 자랑하기도 하고, 건강과 심지어는 남보다 열심인 신앙까지도 자랑을 한다. 그동안 어떻게 지냈는지 서로 소식이 없이 지내다 오랜만에 만난 친구들이 주로 자랑을 많이 하는 경향이 있다.

사람들의 마음속에는 신이 주신 근본 마음이 양심이란 양태(樣態)로 존재하기 때문에 소유지향적 삶의 욕심을 적정선에서 억제하고 존재지향적 삶을 살 수 있는 것이라고 생각한다.

대부분의 사람들은 빨간 장미가 덮여 있는 뾰족한 쇠창살의 높은 담, 방범용 CCTV가 이곳저곳에 붙어 있는, 궁궐 같은 고대광실(高臺廣室), 인적도 드물고 괴괴한 고풍스러운 큰집에 사는 삶이 반드시 행복한 삶이라고 생각하지도, 부러워하지도 않으며, 참된 행복이란 경제적 부유함에 있지 않다는 것을 누구에게 배우지 않고도 잘 깨닫고 있다. 이유는 신이 주신 양심 때문이라고 생각한다.

정호성 씨의 『당신이 없으면 내가 없습니다』라는 책이 있다. 존재적가치를 중요시하는 의미라고 생각한다. 당신이 존재하기 때문에 내가 존재하는 것이고, 그것이 존재하기 때문에 이것이 존재하는 것이다.

우리 부부는 지금 아들 내외와 두 손녀가 함께 한 울타리에서 살고 있다. 그냥 같이 살고만 있는 것이 아니라 많은 이야기를 만들면서 살고 있다. 대학 기숙사 생활을 하다가 주말이면 집에 오는 큰 손녀가 있다. 아침마다 문을 빼꼼히 열고 "학교에 다녀 오겠습니다"라고 문안인사하는 고교생 작은 손녀가 있다. 한 집에 살고 있음에도 무엇이 그리 반가운지 길에서 만나면 "아버지" 하고 큰소리로 부르는 며느리가 있다. "여보" 하고 돌아보면 있어야 할 그 자리를 늘 지키고 있는 아내가 있고, 같이 살고 있지는 않지만 가끔 만나는 것이 더 반가운 둘째 아들 부부가 있다.

끊임없이 뉴스거리를 만들어 내는 동생들이 있고, 세상 흘러가는 이야기를 스스럼없이 나눌 수 있는 고마운 이웃이 있고, 매일 카톡 대화를 나누는 친구도 있고, 사지나 오장육부에 이상이 생기면 사정 두지 않고 칼을 휘둘러 육신의 병을 고쳐주는 의사 선생님과 조용히 고장 난 영혼을 치유해 주는 목사님이 계시다.

모두 이해관계가 있어서가 아닌, 그 존재 자체가 나에게는 큰 감사요 행복인 것이다. 이렇게 내 행복의 원천은 존재하고 있는 것에 만족하며 감사하는, 존재 지향적 행복추구에 있기 때문에 질병에서 오는 고통도 나의 행복을 앗아가지 못한다.

조금이라도 감사의 마음이 식을 때면 헬렌켈러의 「사흘만 볼 수 있다면」이란 수필을 생각한다. 헬렌켈러는 어렸을 때 열병을 앓아 청각과 시각을 모두 잃어 사물을 보는 대신에 손으로 만져

보며 인식(認識)했다. 평생을 보지 못하고 살았으니…. 얼마나 보고 싶은 마음이 간절했으면 단지 "사흘만이라도 볼 수 있으면 좋겠다."라고 했을까?

첫날은 친절과 겸손과 우정으로 내 삶을 가치 있게 해준 '설리반' 선생님을 찾아가 "이제껏 손끝으로만 만져서 알던 얼굴을 몇 시간이고 보면서 마음속에 깊이 간직해 두겠다."라고 했다. 그리고 둘째 날과 셋째 날하고 이어진다.

이 글을 읽을 때면 가슴이 아리고, 감사에 인색한 내 자신에 부끄러움을 느낀다. 눈을 감고 조용히 하루 일을 끝내며 감사기도와 함께 들려오는 밀레의 저녁 만종 소리를 들어보려고 노력한다.

감사하지 못할 일이 나에게 있을까?

내 행복의 원천은 감사하는 삶에 있다.

살아온 기적, 살아갈 기적

　조용히 지나온 삶을 뒤돌아보니 굽이굽이마다 하나님의 섭리가 명백한 기적의 연속이었음을 새삼 깨닫게 된다. 현재진행형의 삶 속에도 분명 하나님의 섭리하에 기적이 일어나고 있을 텐데 이것을 깨닫지 못하고 지내다가 뒤늦게야 깨닫게 되는 게 인생인가 보다.

　기적(奇蹟)이라는 용어는 주로 종교에서 많이 사용되며 종교를 가지고 있지 않은 사람들 중 대다수는 기적이란 초자연적 현상이기 때문에 기적을 믿지 않고 미신이라고 일축해버리는 경향이 있다. 기적의 사전적 의미를 보면 '상식을 벗어난 기이하고 놀라운 일'이라고 되어 있다.

　기적의 기준이 되는 상식이란 곧 자연법칙을 말하며 여기에서 말하는 자연법칙이란 우리가 알고 있는 한도 내의 자연법칙에 국한된다.

창조 과학자들과 신학자들에 의하면 이 우주에는 우리의 이해력으로는 도저히 알 수 없는 수많은 기이하고 놀라운 법칙이 존재하고 있으며 이 법칙을 주관하고 있는 이는 초월자 하나님이시고 기적은 이 하나님의 법칙에 절대 위배되지 않는다는 것이다. 우리들은 믿음을 이야기할 때 맹목적이란 말을 많이 사용하나, 과학이란 단어가 붙은 모든 것은 무조건 믿으면서 이때는 맹목적이란 단어를 쓰지 않는다.

2400년 전에 은하수를 떠난 빛을 오늘에야 우리가 볼 수 있다는 아주 명백한 과학적 사실도 과학이라 하니 받아들이는 것이지 믿기가 그리 쉽지는 않다. 사람들은 어떠한 이유로든 자기가 믿고 싶은 것만 믿는 경향이 있다.

성경에는 많은 기적이 기록되어 있지만 모세가 이집트에서 노예생활을 하고 있던 이스라엘 백성을 이끌고 가나안 땅으로 들어가는 길에, 가로막힌 홍해(紅海)를 하나님이 주신 지팡이로 갈라놓는 기적, 죽은 나사로를 예수님이 살리신 기적, 가나안 잔치에서 예수님이 물로 포도주를 만든 기적 등이 대표적으로 잘 알려진 기적이다.

내가 '살아온 기적, 살아갈 기적'이라고 말하는 기적은 홍해를 가르는 기적이나 죽은 사람을 살리는 기적이나 물로 포도주를 만드는 그런 종류의 기적이 아니다. 이들은 모든 사람의 눈에 확연히 보이는 외적인 기적인 것이고 내가 말하는 기적이란, 당시에는 전혀 눈에 보이지도 않고 지각할 수도 없었지만, 후에야 여러 가지 정황(情況)으로 분석해 볼 때 신의 인도와 섭리가 아니고는, 내 의지와 의도로는 결코 일어날 수 없는, 내 삶 속에서 일어났던 상태의 연속과 변화를 의미한다.

눈으로 볼 수 없는 내적 기적이 눈으로 볼 수 있는 외적 기적보다 더욱더 큰 의미가 있을 수도 있다고 생각된다.

다음은 기적에 관한 아인슈타인의 말이다.

"세상을 사는 방법에는 두 가지가 있다. 하나는 기적이 없다고 생각하는 방식이고 또 하나는 모든 것이 기적이라고 생각하는 방식이다."

아인슈타인은 자신의 삶 모든 것이 기적이라 했다. 나 또한 같은 생각이다. 서두에서 말한 바와 같이 내 삶도 기적의 연속이라고 생각한다. 자신의 삶이 기적의 삶이었나 아니면 우연의 삶이었나를 판단하는 것은 전적으로 자신의 몫이고 그 판단의 결과는 자신의 삶에 커다란 영향을 미치게 된다고 생각한다.

분명히 신의 섭리이지만 신의 개입 여부는 인정하지 않는다손 치더라도 자신의 삶이 기적의 삶이라고 생각하면 감사가 있는 삶이 될 것이고 우연의 삶이라고 생각하면 앞으로 살아갈 삶도 그냥 되는대로 살아가는 무의미한 삶이 될 것이라고 생각한다.

나에게 일어났던 기적 몇 가지를 살펴본다.

첫 번째 기적

나의 첫 번째 기적은 결혼의 기적이라고 생각한다. 내 아내가 내겐 과분하다고 말할 수 있다. 윈스턴 처칠 경도 인생에서 이룩한 가장 큰 성공이 무엇이었냐고 묻는 기자의 물음에 결혼에 성공한 것이라고 말했다고 한다.

우리는 쉽게 결혼할 수 있는 조건에 있지 않았다. 그러나 결혼은 조건과 감성과 지성을 넘어 영성으로 맺어진다는 말이 있듯이 우리는 결혼했다. 하나님은 말을 잘 듣지 않는 사람들에게는 종종 콩깍지라는 선물을 활용하기도 하는 것 같다.

두 번째 기적

이공계로의 진입 기적이다. 나는 말주변이 없다. 상대방의 마음에 감동을 주는 논리력도 설득력도 선동력도 없다. 사물이나 현상을 수리적, 물리적, 과학적으로 정확하게 해석하려는 경향만이 있다.

다시 말하면 말로 먹고사는(?) 세계에서 적응할 수 있는 조건을 거의 갖추지 못했다. 내 나름대로 예상했던 앞길은 이미 인문계로 정해져 있었고 변할 수 있는 아주 작은 조건도 나에게는 없었다. 내 성격상 내가 인문계의 길을 택했었더라면 그 길은 좌절과 절망의 길이었을 것이다. 누구라도 자기의 진로를 바꿀 수는 있다. 그러나 내가 공업고등학교로 진로를 바꾼 것은 내 의지라기 보다는 신의 강력한 섭리가 개입한, 생각지도 못한 기적이었다. 그 기적이 내가 일생을 살아온 삶의 기초가 되었다.

세 번째 기적

불합격의 기적이다.

불합격의 기적 1
중학교 입학시험에서부터 불합격의 기적은 시작된다. 나는 강화군 내가면에 있는 초등학교를 졸업하고 인천중학교에 응시하여 불합격의 영예(?)를 얻었다. 인천중학교에 합격하는 것은 너무나 당연한 것으로 생각했던 나는 2차로 선택할 수 있는 학교 이름조차 몰랐고 따라서 외조부님의 뜻에 순종해서 기독교계인 송도중학교에 입학을 하게 된다.

인천중학교에 불합격하므로 기독교 계통인 학교에 입학해 신앙생활을 계속할 수 있었던 것은 인생의 최고의 기적이라 생각한다. 1차시험에 합격하였더라면 나는 더 교만했을 뿐만 아니라 장기간의 탕자생활을 했을 것이다. 나는 이것을 불합격의 기적이라고 부른다.

불합격의 기적 2

사노라면 여러 종류의 시험을 보게 된다. 현 한국전력기술㈜의 전신인 한국원자력㈜에 근무할 때의 일이다. 입사 1년 후 해외연수를 위한 영어자격시험을 보라는 지시가 내려왔다. 당시회사는 원자력발전소 종합설계 자립화를 위해 여러 나라와 기술협력을 적극적으로 추진하고 있었으며, 정부 출연기관의 직원이해외연수를 받고자 할 때는 소정의 영어자격시험(ELI Test)을 통과해야 했다. 준비가 안 된 상태에서 급하게 응시하여 보기 좋게 1차시험에 불합격이 됐다. 사내 소식에 의하면 이 1차시험에 합격하면 2~3개월의 단기해외연수를 갈 수 있는 기회가 주어진다고 했다.

3~4개월 후 다시 시험에 응시하라는 지시를 받고 응시한 결과 합격하여 미국 연수 길에 오르는 영광을 얻었다. 영어 시험 합격 전에는 어느 나라로 연수를 가게 되는지 정확히 몰랐는데 그 후에 알게 된 결과, 미국 벡텔사로 파견되어 3년간의 원자력발전소 설계 연수를 받는다는 것이었다. 그것도 가족과 함께! 1차시험에 불합격한 기적의 결과이다.

1차시험의 불합격은 다시 한번 좌절을 경험하고 조금이라도 겸손의 마음을 가질 수 있게 했고, 더 좋은 기적의 결과를 가져온 것이다. 성경 말씀에 "모든 것이 협력하여 선을 이룬다."라는 말씀이 있다. 가족과 함께하는 3년간의 미국연수 기회를 베풀어 주신 하나님과 회사에 깊은 감사를 드린다.

네 번째 기적

기도 응답의 기적이다. 본사에서 기술책임자(APM.E)로 3년간의 기본설계업무가 끝날 무렵 울진 원자력발전소 3, 4호기 현장소장으로 발령을 받고 근무할 때의 일이다.

하루는 아내가 한밤중에 가슴을 움켜잡고 숨을 제대로 쉬지도 못하고 사색이 되어 몸부림을 치기 시작했다. 나는 순간적으로 보통 일이 아닌 것 같은 느낌이 들었다. 내가 이런 증상으로 위급한 경우를 경험했던 적이 있기 때문이다. 눈앞이 캄캄하고 머리가 백지상태로 변해서 응급실에 가야겠다는 생각조차 하지도 못하고 무조건 기도하기 시작했다. 내 평생에 그런 간절한 간구의 기도는 처음이었고 눈물과 콧물이 뒤범벅이 된 채 하나님께 기도했다.

"하나님 이번 한 번만 내 기도를 들어주시면 평생동안…." 지금 생각하면 조건부 기도를 드렸다는 것이 부끄럽기 짝이 없다. 기도를 끝내고 무조건 도움이 되는 약이라도 살려고 시장 쪽 약방을 향해 마라톤 선수처럼 뛰어다녀 보았으나 모두 문을 닫은 상태라 빈손으로 돌아와 보니 아내가 편안한 모습으로 자고 있었다. 순간적으로 너무 감사해서 "하나님, 감사합니다."를 연발했다.

경험하지 못한 사람들은 뭐 그리 대단한 일인가 반문할지 모르겠다. 경험은 이론을 부끄럽게 만든다. 대단한 기적의 경험이다. 내가 약국을 찾아 뛰어다니는 동안 아내는 꿈을 꾸었다고 한다.

당시 우리가 다니던 울진중앙감리교회는 아카시아꽃이 만발한 언덕 위에 있었다. 아내는 <주와 같이 길 가는 것 즐거운 일 아닌가>라는 찬송을 부르며 아카시아꽃이 만발한 교회 길로 올라가다가 깨었다는 것이다.

올라가다가? 꿈 내용이 혹시 천국으로 가는(죽는) 꿈이 아닌가(?)라는 순간의 생각도 들었으나 그렇게 좋을 수가 없었다. 아내는 깨어나고, 나 같은 사람의 기도도 이루어지는 기적도 경험했다.

또 하나의 빼놓을 수 없는 기적

처음으로 우리 기술진의 주도로 수행한 원자력발전소 설계국산화(자립화) 팀의 일원으로 참석한 일이다.

한국원자력발전소 설계자립화 계획에 의거하여 기술 습득을 위한 미국연수를 마치고 귀국한 나는 울진 원자력발전소 3, 4호기 설계사업에 기술책임자(APM-E, Assitant project manager-Engineering)로 참여하게 된다. 어디를 보아도 부족한 몸으로 직책을 맡은 나는 각 그룹의 EGS(Engineering Group Supervisor)들과 합심으로 연구해 가며, 공부해 가며 PM 및 경영진의 지도와 격려 그리고 회사 저변에 잠재하고 있던 회사기술력 등이 총동원된 결과로 나타난 한국원자력발전소 설계자립화라는 목표를 달성하는 데 일조를 하게 되는데 이 또한 나에게는 하나의 기적이다.

기억력이 희미해져도 이름을 잊지 않도록, 울진 원자력발전소

3, 4호기 설계를 위해서 지도해 주시고 고생해 주셨던 고마웠던 분들의 이름을 자주자주 떠올려 본다.

　이제 얼마 남지 않은 인생이지만 살아온 삶이 기적이었듯이 앞으로의 삶에도 하나님의 섭리와 기적이 계속되리라고 생각하며 또 그렇게 기도하며 산다.

결혼 서곡(序曲)과 장모님

우리는 다른 사람들과는 조금 다른 결혼 서곡(序曲)을 올린 것 같다. 30세까지 결혼이란 아예 꿈에도 생각해본 적이 없는 나에게 우연히 결혼을 결심하게 된 계기가 찾아왔다.

가장 친한 친구가 결혼을 해서 서울 우이동의 경치 좋은 곳에 위치한 아름다운 호텔로 신혼여행을 갔고 그곳을 내가 방문하기로 약속되어 있었다. 우이동행 버스를 타고 친구에게 가던 중 문득 누군가와, 그것도 여자친구와 같이 가면 좋겠다는 생각이 들었고 그 누군가가 바로 지금의 아내가 되었던 것이다.

우이동으로 향하던 버스에서 내려 다시 돌아서서 아내가 재학 중인 학교를 찾아가 마침 강의가 끝나고 나오는, 별로 달가워하지 않는 눈치의 아내를 설득해서 함께 우의동으로 가서 신혼부부 친구와 즐거운 시간을 보냈고 이것이 우리가 결혼을 하게 된 동기가 되었다.

결혼하자는 말을 언제 어디서 했는지 정확한 기억나지는 않지만, 나의 결혼 제안을 일언지하에 거절하던 기억은 지금도 생생하다. 자기는 결혼을 하지 않고 홀로이신 엄마와 같이 살 것이라는 단호한 말에 실망은 했지만 그 효심에는 감동했다. 엄마와 같이 살 수 있는 경제기반으로 약사가 되기로 결심하고 아내는 당시 최고의 경쟁률을 자랑하던 A대학 약학과에 응시해서 재수까지 가는 열정을 보였지만 관철시키지 못하고 결국 공학계열로 진로를 바꾸었다.

약대를 그토록 고집한 것은 졸업 후 약국을 개업하여 결혼하지 않고 엄마와 살기 위함이라 했다. 자기가 시집간 후 혼자 사는 외로운 엄마는 상상도 할 수 없다는 것이었다. 내가 듣던지 말던지 지금도 때때로 "난 약대를 졸업했으면 결혼 안 하고 엄마와 살았을 거야."라고 한다.

두 번의 약대 입학 시도에 성공하지 못한 것이 아직도 못내 아쉬운 것인지 아니면 결혼을 잘못했다는 푸념인지….

6·25 전쟁으로 21세 때 남편을 잃은 장모님은 홀시어머니를 모시고 오직 딸 하나만을 위해 수많은 어려움과 괴로움을 극복해

나가셨으며 딸을 강인하게 키웠을 뿐만 아니라 자신도 담대하고 강인하게 변하셨던 것 같다.

훗날 아내한테 들은 이야기인데 장모님은 당시 여인이 가지고 다니기에는 너무나 큰돈인 아내의 등록금을 직접 챙기시는 강단도 있었다고 한다. 1960년대는 버스에 사기꾼과 쓰리꾼들이 설치던 시대였다. 한번은 등록금을 허리에 차고 김포에서 버스를 타고 오는데 어떤 사람이 많은 빈 좌석을 두고 장모님 옆에 앉아 자꾸 박카스를 권하며 행선지와 왜 가는지를 계속 묻더란다. 신촌(당시 김포버스 종점)에서 내려 시내버스로 갈아탔는데 이번에는 또 다른 사람이 계속 따라붙더라는 것이다. 그렇게 말씀하면서 "얘~ 돈 냄새가 난다더니 정말인가 보더라." 하시더란다. 돈 냄새가 아니라 너무 조심하는 과정에서 돈이 있다는 표시를 하신 게 아닐까?

나와 결혼하기로 생각한 아내는 나를 어머니에게 소개했고 어머니는 사위 될 사람의 외모, 직장 등 조건보다는 내가 7남매의 장남이 맘에 드신 듯 허락하셨다. 아마도 장모님과 아내의 지난 세월이 몹시 외로웠기 때문이 아닐까 생각한다. 나는 두 모녀(母女)에게 '콩깍지'를 제공하신 하나님께 깊은 감사를 드린다. 우리는 결혼 전 보통 남들과는 다른 결혼 서곡(序曲)을 올렸다. 약혼식 소동과 장모님 병원 입원소동이다.

약혼식 소동

약혼식 날 회사에서 제공한 차로 나와 내 친구 일행은 약혼식 장인 아내의 김포 시골집을 향한 장도에 오르게 된다. 출발한 지 한 시간 반 정도 후에 동네로 들어가는 관문인 오리정 고개를 넘어가고 있었는데, 날씨가 너무 따듯해 겨우내 얼어있던 길이 녹아 질척해지고 차는 진흙 길에 빠져 헛바퀴만 돌고 있었다.

할 수 없이 모두 차에서 내려 일부는 옆에서 밀고, 일부는 뒤에서 밀면서 수고를 한 끝에 차는 빠져나올 수 있었으나 우리들 모두의 신사복은 뻘건 진흙물을 뒤집어썼다. 어떻게 할 방법이란 겨우 손수건으로 묻은 흙을 털어내는 것밖에 없었고, 그 상태로 약혼식장(처가의 마루)에 도착했다. 몰골들이 말이 아니었다.

처가의 모든 친척들이 다 동원되어 북적이는 가운데 약혼식을 무사히 끝내고 나와 보니 자동차가 무사하지 않았다. 자동차의 네 개 타이어 바람이 모두 빠져 있어 차가 도저히 움직일 수 없는 상태였다. 누가 고의로 바람을 빼낸 것이다.

군대식 신고나 최소한의 인사도 없었던 신랑 측이 마음에 들지 않았던지 아니면 자동차가 별로 흔하지 않던, 1971년도에 그것도 처음 보는 자동차(Van으로 대형 승용차)가 이색적으로 보였는지는 모르겠으나 그만큼 동네의 텃세가 강했던 시절이었다.

동네에서 자전거용 수동 펌프를 구해서 차가 겨우 움직일 정도로 바람을 넣는 데는 약 2시간이 소요됐고 친구들은 땀범벅이 된 상태에서 겨우 차를 움직여 고개 넘어 큰 길까지 가서야 완전히 바람을 채우고 서울로 귀가할 수 있었다. 보통 약혼식과는 좀 색다른 소동이 발생했던 경우다. 또 한 가지는 결혼 전 장모님의 병원 입원 사건이다.

장모님 입원 소동

하루는 예비 아내가, 몹시 아프신 장모님을 내가 있는 인천으로 모시고 왔는데 그 모습이 심상치 않아 보였다. 병원 문은 이미 닫힌 시간인데 이를 본 하숙집 아주머니께서 지금 빨리 제물포에 있는 익생춘한의원으로 가보라고 했다. 서둘러서 우리는 제물포역 근처에 있는 익생춘한의원을 찾아갔는데 원장 선생님이 어떻게 왔느냐고 물었고 나는 장모님이 아프셔서 왔다고 했다.

그런데 별안간 원장 선생님이 "장모님, 무슨 장모님이라고해, 어머니라고해. 장모님 하면 못 써. 어머니라고해."라고 일길하면서 "젊은 사람 그러면 못 쓴다해."라고 계속 소리쳤다.

원장은 화교(華僑) 출신 대만 사람으로 내가 어머니라고 하지 않고 장모님이라고 했다고 욕을 바가지로 퍼부은 후 진맥을 해보더니 "왜 이제왔어해 늦었어 어머니 죽는다해." 하면서 한약 한재를 지어주며 빨리 큰 병원에 가보라고 하는 것이었다.

죽는다는 말에 거의 실신 상태에 이른 아내는 하숙집 아주머니의 추천에 마지막 지푸라기라도 잡는 심정으로, 근처에 있는 조그마한 절(암자)에라도 가서 부처께 빌겠다고 하는데 그 눈빛은 나에게 같이 가주면 안 되겠느냐고, 당신은 어떻게 무슨 일이라도 해줄 수 있지 않느냐 하는 애절하고 애잔한 눈빛이었다. 그 애잔한 눈빛은 말로 어떻게 설명할 길이 없었다.

기독교인인 나에게 차마 말은 하지 못하고 암자(작은 절)에 같이 가달라고 애원의 눈빛만을 보내고 있는 아내의 청을 거절해서는 안 된다는 생각이 들었다. "가자! 내가 같이 갈게!" 하고 집을 나서 암자를 들어서니 조금 높은 곳에 부처님이 있었고, 아내는 나에게 같이 빌자고 부탁하는 듯 한참 나를 보다가 꿇어앉아 두 손을 합장하고 간절한 모습으로 빌기 시작했다. 불교도도 아니었고 더구나 평소에 부처께 비는 것은 상상도 하지 못한 사람이 아내다. 순간적 갈등 속에 당황하며 서 있던 나는 "하나님, 장모님을 살려 주세요." 하고 조용히 기도를 드렸다.

한 사람은 부처님께, 한 사람은 하나님께….

지금도 아내는 그때의 일에 미안해하면서 고마움을 표한다. 기도의 효과일까? 저녁때 한약 한 봉지를 드시고 난 후 장모님은 검붉은 피를 계속 토해내고 계셨고 우리는 급히 인천기독병원 응급실로 갔다.

이튿날 진찰 결과 위에 구멍이 뚫린 '위 천공'으로 밝혀졌고 장모님은 9시 30분경 수술실에 들어가 오후 5시쯤에 나오셨다. 당시로는 6~7시간의 엄청난 대수술이었다. 얼마나 많은 피를 흘렸고 또 계속 흘리고 계신지 병실로 오신 후에도 장모님은 5~6시간마다 수혈을 해야 했는데 혈액은 필요할 때마다 현금을 지불해야 구할 수 있었다(병원을 탓하고자 함이 아니고 당시 시대상을 말하고자 하는 것이다).

입원비와 수혈에 들어가는 돈이 당시 웬만한 가정에서는 감당하기가 만만치 않은 액수로, 후에 시골 동네에서는 장모님이 돈으로 살아나셨다고들 말할 정도였다.

당시 장모님은 시골에서 혼자 사셨지만 경제적으로는 여유가 있었다. 수혈을 계속하는데도 장모님의 손은 피가 돌지 않아 백지장같이 하얀색을 띄고 있었고, 시골에서 오셨던 친척들이 장모님 상태를 보시고 아무 말 없이 서둘러 시골로 내려가셨는데 후에 들으니 장례 준비를 급히 해야 될 것 같아 서둘러 가셨단다. 시골에서는 매일매일 동구 밖을 보면서 혹시 운구차가 오는 것은 아닌지 걱정만을 했다 한다.

장모님은 링거와 수혈주사를 팔에 꽂은 채 코에는 가래 제거용 호스를 꽂고 계셨는데, 호수의 가래를 계속 훑어 제거해줘야 회복이 빠르다고 하는 의사 선생님 말에 나는 시간이 나는 대로 침대 밑에 쪼그리고 앉아 가래 훑어 내리기를 계속하고는 했다.

호수의 가래를 용기(가래를 받는) 쪽으로 훑어 내릴 때는 호스가 코에서 빠지지 않도록 주의하여야 한다. 당시 입원실의 60% 정도는 비워 있고 밤에는 불을 끄는 상태라 스산하고 으스스한 것이 좀 무서운 생각이 들기도 하는 분위기였는데, 자정이 지나고 한 시가 지나, 아내는 깊은 잠에 빠져 있고 나 혼자 침대 밑에서 무아지경으로 가래를 훑어내리고 있었다. 그런데 갑자기 어떤 미끈한 물체가 내 뺨을 후다닥하고 후려치고 지나갔다. 너무나 놀란 나는 '아이쿠' 소리와 함께 엉덩방아를 찧고 뒤로 주저앉았다. 아내는 내 비명소리에 놀라 잠에서 깨고, 동시에 침대 위에서는 "아이구, 시원해라." 하는 소리가 들려 자세히 보니 장모님 코에 꼽혀 있던 호스가 빠진 것이었다. 가래를 훑어내리는 과정에서 잘못하여 호수가 확 빠지면서 내 뺨을 후려친 것이다. 그렇게 크게 놀라기는 내 일생에 처음이었다.

아무 말씀도 하지 않고 계시던 장모님은 오랫동안 불편하게 코에 끼고 있던 호수가 빠져 나가니 자기도 모르게 "아이구, 시원해라." 하신 것이었고, 나에게 "이제 이 호수 안 끼면 안 되겠나?" 하시기에 "얼마 동안 그렇게 할게요."라고 말하는 순간 "안돼, 엄마!" 하는 소프라노 소리가 들렸다. 아내가 쏜살같이 뛰어나가

의사 선생님을 대동하고 오고, 호스는 다시 제자리로 찾아 들어 갔다. 아내는 냉정했다.

그렇게 15일간 나는 병원에서 숙식을 해결하며 출퇴근을 병원에서 했다. 2인실을 쓰고 있는 우리에게 입원 환자를 받지 않고 우리가 입원실을 혼자 쓸 수 있도록 배려해 주었기 때문이다. 우리가 부부가 아닌 약혼 사이라는 것이 알려지자 나는 바람직한 결혼 상대자의 롤모델로 여겨지기도 했다.

장모님이 퇴원하여 시골로 내려가시자 시골에서는 무슨 일이 일어나기 전에 고명딸 결혼하는 것을 보고 죽게 한다고 우리의 결혼을 서둘렀고 그녀가 내 아내로 되는 일도 앞당겨졌다.

서정주 시인은 「국화 옆에서」라는 시에서 "한 송이 국화꽃을 피우기 위해 천둥은 먹구름 속에서 또 그렇게 울었나 보다."라고 노래했다. 우리의 결혼을 위해서 평범치 않은 일들이 그렇게 일어났나 보다. 장모님은 우리가 결혼한 날부터 우리와 함께 사셨다.

1981년 2월 나는 아내와 두 아들과 함께 2년 예정으로 미국 연수교육을 떠나야 했다. 그때는 미처 사랑하는 딸과 눈에 넣어도 아프지 않은 두 외손자와 이역만리 떨어져 외롭게 살아야만 하는 장모님의 마음을 깊이 헤아리지 못했다. 미국으로 가는 것이 그리 쉬운 일이 아닌 시절에 이민이 아니라고 하면서도 가족까지 데리고 갔으니 사정을 아는 분들 중에는 무심코 딸과 사위가 혹시 장모님만을 남겨놓고 아주 미국으로 떠난 것은 아니냐고 말씀하신 분들도 있었나 보다. 그러던 차에 나의 2년 연수기간이 끝나갈 무렵 1년 더 연장되자 장모님도 내심 걱정을 많이 하신 것이다. 그 고심이 얼마나 심했던지 귀국해 보니 30kg의 아주 여윈 모습이셨다. 장모님이 그런 고통을 당하고 계셨던 것을 미처 헤아리지 못한 것을 생각하니 죄스러운 마음이고 가슴이 몹시 아프다.

결혼한 날부터 우리와 함께 사신 장모님은 남편(나의 장인)과 시댁의 모든 제사까지도 혼자 책임지고 계셨던 효부(孝婦)로 제사문제의 책임 때문에 선뜻 교회를 나가시지 못하고 계시다가, 아내의 끈질긴 전도와 기도로 제사 문제를 과감히 정리하시고 예수님을 영접하신 후 나중에 된 자가 먼저 된다는 주님의 말씀을 증명이나 하시듯 새벽기도도 빠지지 않으시고, 열심히 신앙생활을 하시며 본을 보이시다가 우리 곁을 떠나 하늘나라로 가셨다.

장모님이 다니시던 교회 앞을 지날 때, 맛있는 음식을 먹을 때, 장모님이 즐겨 불렀던 찬송을 들을 때 등 장모님 생각을 떠올리게 하는 것들이 너무나 많다.

살아계실 때는 한 분이었던 어머니가 떠나가시고 나니 삼라만상 여러 곳에 어머니가 계신다.

신앙생활을 본받는 것만이 이별의 아쉬움을 달래는 길일 것 같다.

나이 많은 노인들이 아내에게 갖는 사랑에 비하면 젊은이들
의 사랑은 피상적일 뿐이다.

　　　　　　　　　　　　　　　-윌리듀란트(그의 90번째 생일에)

　부인을 어떻게 호칭하는 것이 좋을까 생각해 본다. '집사람'은
집에서 살림이나 하는 사람이라는 좀 멸시의 뜻을 풍기는 것 같
고, '마누라'란 마노라란 말에서 유래한 '마마'라는 극존칭의 뜻
이 있다고는 하나 좀 늙은 표현인 것 같고, '와이프(Wife)'란 아무
리 영어가 보편화된 시대라고는 하지만 나이깨나 든 사람으로
체통이 서지 않는 호칭인 것 같고 아내란 용어가 좋을 듯하다.

아내란 순수한 우리말로 예쁘기도 하거니와 다정다감하고 고풍스러운 멋을 풍기기도 하고 '안에서 비치는 해'라는 뜻도 있다고 하니 안성맞춤의 호칭이라는 생각이 든다.

아내는 형제자매도 없고 4촌 형제들도 없고 6촌 형제들이 제일 가까운 친척이다. 내 아내는 유복자(遺腹子)나 다름없다. 유복자란 태어나기 전에 이미 아버지를 여윈 자식을 말하는 것으로 아내가 첫돌이 됐을 때 아버지는 6·25전쟁 참전 중에 전사하셨다. 군번과 함께 이윤하(李允夏)라는 이름 석 자만의 흔적을 서울 현충원(顯忠院)의 어둡고 음습하고 역한 냄새가 나는 '무명용사탑' 안에 남기고 있다. 아내에게 남겨진 아버지의 유품은 달랑 전사통지서 한 장뿐이다. 전사 장소도, 정확한 전사 일자도 없고, 강원도 인제 부근 전투에서 전사했을 것이라는 추측만이 있을 뿐 아직도 유골은 찾지 못한 상태다.

대한민국 국방부 6·25 참전 용사 시신발굴단에서는 지금도 유전자 검사를 통해 시신을 발굴하고 있지만 아직 아버지의 유해는 찾지 못하고 있다. 아내는 아버지를 생각나게 하는 모든 것을 의식적으로 피한다. 매년 현충일 행사에 참석하라는 초대장이

장인어른을 추모하며(국립현충원)

와도 미적미적하며 좀처럼 참석하지 않으려 하다가 내가 곁에서 서두르고 독촉하면 마지못해 따라나서고는 한다. 그 마음을 나는 안다. 6월 현충의 달이 오면 나는 늘 장중훈 시인의 「구름 한 조각 손에 쥐고」라는 시가 떠오른다.

어릴 적
초등학교 운동회날 아이들은 모두
아버지 손을 잡고 달리는데
나는 하릴없이
높아진 하늘을 바라본다
아버지가 떨어뜨린 구름 한 조각을
잡고 혼자 달렸다
그 운동장이 너무 넓어
울며 달렸다

옛날 시골 초등학교 운동회에서는 실제로 어른 손을 잡고 달리는 순서가 있었다. 어린 마음에 얼마나 아버지가 그리웠을까, 얼마나 많이 울었을까 겉으로 나타내지 않기 위해 얼마나 눈물을 참았을까 생각하면 가슴이 아리고 눈가에 이슬이 맺혀온다. 어떻게 말로 아내의 마음을 표현할 수 있겠나….

아버지의 모습이 기억나지 않는 아내는 할머니와 어머니 세 식구와 함께 외롭게 자랐다. 외아들을 전쟁통에 잃고, 속이 다 무너져 내린 할머니에게 손녀(아내)는 세상의 그 무엇과도 비교할 수 없는 아주 귀한 존재인, 금지옥엽(金枝玉葉)이었을 것이다.

그런데 장모님은 아내를 매우 강인하게, 모든 것을 혼자 힘으로 이겨내고 극복하도록 키우셨고 자식 교육도 열심히 하셨다. 그 당시 도시에서는 여성의 대학교육도 보편적인 일이었지만 1960년도 중반에 시골 출신 여성을 대학까지 보내신 장모님의 교육 열정과 열의는 대단한 것이었다고 생각된다.

아내는 슬픔, 기쁨, 괴로움 등을 좀처럼 드러내지 않는다. 그렇게 교육받은 것 같다. 외적으로는 부드러우나 내적으로는 강한 외유내강형이다. 나는 아내를 안개꽃과 코스모스에 곧잘 비유한다. 안개꽃은 일명 어린아이의 숨결이란 뜻인 'Baby Breath'라고 불리기도 한다. 입학식이나 졸업식 또는 그 밖의 행사에서 꽃다발을 주고받을 때 장미나 튤립, 카라로만 만들어진 꽃다발을 보면 어딘지 꽃들이 외로워 보이고, 단조로워 보이는데 여기에 안개꽃으로 장식해주면 그 꽃들은 더욱 돋보이고 포근하고 아름답고 조화로운 꽃다발이 된다.

아내는 안개꽃과 같다. 자신은 연약하고 별로 눈에 띄지는 않지만 다른 사람을 돋보이게 한다. 청명한 가을 하늘 아래 핑크빛으로 아름답게 단장을 하고, 미세한 바람에도 한들거리는 연약하고 가냘픈 허리에, 쓰러질 듯 쓰러질 듯하면서도 쓰러지지 않는 코스모스를 볼 때면 아내가 연상되고는 한다. 아내는 연약해 보이지만 강하다.

보통의 여인들과는 전혀 다르게 아내는 소위 분위기(무드)와는 담을 쌓고 살며 무드는 쓸데없는 사치라고 생각하는 매우 현실적인 사람이다. 웬만한 일은 금세 잊어버릴 정도로 마음도 넓고 둔감하여 등이 바닥에 닿으면 금세 잠이 든다. 나는 모기 때문에 잠 못 드는데 나와는 다르게 잠도 잘 잔다. 얼마 전 아내와 며느리, 손녀와 하남에 있는 스타필드라는 쇼핑몰에 갔다. 애들이 쇼핑하는 동안 난 영풍문고 서점에 들어갔다가 와다나베 준이치의 『나는 둔감하게 살기로 했다』라는 책이 눈에 들어와 구입해서 읽는 중에, 앞으로 나는 아내를 절대로 이길 수 없다는 사실을 알게 됐다.

의사인 저자의 말에 따르면 "둔감한 마음은 신이 주신 최고의 재능"으로 둔감하고 어디서나 잠을 잘 자는 사람은 절대 이길 수가 없다는 것이다. 둔감한 사람은 웬만한 세균에도 면역력이 강하단다.

아내는 참 알 수없는 신비한 존재다.

아내는 36년간 무사고 운전 경력의 소유자다. 여성으로는 꽤 빠른 편인 86년도에 운전면허를 취득해서 운전대는 한번도 잡지 않은 채 면허를 장롱에 넣어 두고 36년의 무사고는 물론, 무실적 운전을 기록한 것이다.

운전을 하지 않은 이유가 매우 합리적(?)이다. 잘못하다간 남편의 운전기사로 전락할지도 모른다는 것이 이유였다. 부채도사 출신인지 내 마음을 꿰뚫는 데는 도사다. 그러던 아내가 3~4시간을 운전한 적이 있다.

결혼 25주년 기념으로 회사에서 제공하는 특별이벤트로 설악산을 다녀오는 길이었다. 미시령을 넘어 인제로 들어설 무렵 나는 갑자기 구토증과 심한 현기증으로 운전을 못 하게 되자 차를 세우고 뒷좌석에 누워 아내에게 운전을 부탁했다. 한번도 운전대를 잡아보지 않았던 아내가 말없이 차를 몰기 시작했다. 처음에는 시속 15~20Km로, 4~5분간을 천천히 달린 후 금세 50Km로 진입했고 나는 안심 속에 잠이 들었다.

잠에서 깨보니 3~4시간이 흘렀고 차가 서울입구 구리 근처를 지나고 있었다. 나중에는 내가 운전을 해서 집까지 무사히 도착했지만, 애석하게도 아내의 무실적 운전 기록은 깨졌다.

번역 봉사를 한 적이 있다. 적은 액수지만 봉사료를 받았으니 무료 봉사라고 할 수는 없겠다. 어느 기독교 선교단체에서 미국의 유명한 목사님의 설교 원본을 구입하여 번역한 후 멤버십이 있는 한국 목사님들께 분배를 해주고 있었는데 그 번역 일을 하게 된 것이다.

설교 원본은 대부분 미국 세들백교회의 릭워렌 목사님과 윌로크리크교회의 하이벨스 목사님의 것이었는데 내가 매일 원본을 가지고 도서관에 가서 번역을 해오면 아내는 타이핑을 하고 내가 교정을 한 다음 인터넷으로 선교단체에 보내는 식으로 진행이 된다. 이 교정 시간이 아내와의 전쟁이 벌어지는 시간이다. 아내의 타이핑 실력은 대단하다. 분당 400자 정도의 일급 타이핑 실력을 발휘하고 나면 나는 곧 검증 작업에 들어간다. 오타가 있는지 검증하는 것은 내 몫이다.

남편: 에이 참! 뭐 이래~ 좀 잘 보고 치지. 이게 말이 안 되잖아.

아내: 어디 봐~ (원고를 본 후) 사람이 잘못 칠 수도 있지.

남편: 또 빼먹은 거 아냐? 이건 또 뭐야? 이게 말이 안 되잖아.

아내는 원고와 대조해본다. 원고가 잘못되었다는 것을 보고

의기양양하다.

> 아내: 당신이 잘못 써 놓고 왜 내 탓을 해?
>
> 남편: 내 원고가 잘못됐다고 하더라도 알아서 좀 고쳐야지.
>
> 아내: 자꾸 내 핑계 대지마. 나 이제 안 해. 당신이 타이핑해.

이런 티격태격 전쟁이 매일 계속됐다. 이런 말이 있다. "결혼은 판단력 부족으로 하고, 이혼은 포용력 부족으로 하고, 재혼은 기억력 부족으로 한다." 매일 싸우면서 헤어지지 않고 사는 것도 어제 싸웠던 것을 기억 못 하는 기억력 부족인가보다. 아내의 민감하지 않음도 한몫한다. 아내가 심술이 나서 타이핑을 해주지 않으면 정말 큰일이요 낭패다. 장독의 간장을 훔쳐먹다 들킨 파리가 장독대에 앉아 앞발을 싹싹 빌 듯 잘못했다고 싹싹 빌어 아내를 다시 책상에 앉힌다. 이렇게 3년을 계속했다.

내가 붙인 아내의 별명들

나이를 먹으니 심심은 하고 이내 아내를 부르는 별명을 가지고 시비를 자주 걸어본다. 둔감한 사람이라 별 효과는 없지만 가끔은 효과를 본다.

콩깍지

아내가 어떤 판단에 착오를 일으켰을 때 내가 자주 사용하는 아내의 별명이다. 나 같은 사람을 평생 반려자로 어리석은 선택을 한 그 판단력이 어디 가겠나?

청개구리

아내는 심술이 나면 꼭 반대로 나간다. 평상시에 심술이 나지 않도록 조심하는 것이 상책이다.

삼청각 기생

삼청각은 군사정부시절 성북동에 있던 고급 요정으로 정부 고위급 인사들이 이용하던 곳이다. 유화! 어쩜 그 시대, 그 나이에 그렇게 예쁜 이름을 갖게 되었을까? 딱 삼청각 기생 이름인데 어쩌구저쩌구 약을 올릴 때 사용한다.

이 권사

"그러면 안 되지, 이 권사." 듣기 싫은 소리를 계속해댈 때 입막음 용으로 하나님 이름을 떠올리게 한다. 효과가 금세 나타난다.

뜸부기

강약의 차이는 있지만 이 별명에는 때때로 반응한다. 이 별명은 "뜸북뜸북 뜸북새 논에서 울고요." 하는 동요 〈오빠 생각〉에서 따왔다. 이 별명을 붙이게 된 일화가 있다. 큰아들이 다니던 고등학교 교감선생님이 아이들 졸업을 앞두고 S대에 합격한 학생들의 어머니들과 조촐한 연회를 가졌다. 식사 시간이 끝나고 노래 부르는 여흥의 시간을 갖는 것은 불문가지(不問可知)다. 어머니들이 돌아가며 노래를 부르고 아내의 차례가 돌아왔다. 끝까지 부를 줄 아는 노래가 별로 없는 아내는 아들의 담임선생님 도움을 받아 가며 분위기에 맞지 않게 "뜸북뜸북 뜸북새 논에서 울고요."라고 시작되는 동요 〈오빠 생각〉을 불렀는데 노래가 별로였는지는 몰라도 '오누이' 같다는 칭찬의 소리를 들었단다. 그때부터 나는 아내에게 뜸부기라는 별명을 하나 더 추가했다.

나는 앞으로도 심심할 때면 아내의 별명을 불러, 심기를 건드려 가며 내 사랑을 표현할 것이다. 한날한시에 해로동혈(偕老同穴)했으면 좋겠다.

병원에 들어서면 깨끗하고 쾌적한 환경과 설명하기 어려운 신비스럽고 성스러운 분위기에 벌써 몸과 영혼이 가벼워지는 느낌이다.

최첨단 과학기술의 병원과 하나님과의 만남이 전혀 조화(調和)가 안 되는 곳으로 생각하는 사람들이 있을지 모르나 나는 병원이야말로 하나님의 섭리가 가장 잘 드러나는 곳이라고 생각한다. 의료진이 필요한 처치와 치료를 다 하고 나면 낫게 하시는 이는 하나님이라고 생각하기 때문이다.

병원 문을 들어서자마자 성모 마리아상 앞에서 성호를 긋고 두 손을 모으고 경건하게 기도를 드리는 여인들이 보인다. 옛날에는 깨끗한 흰옷을 입고, 단정하게 머리를 빗어 쪽머리를 튼 여인이 뒤뜰에서 정화수(井華水)를 떠 놓고 경건하게 기도드리는 모습을 자주 볼 수 있었다.

모든 것을 내려놓고 겸손한 마음으로 신에게 간절한 소망을 비는 이런 여인들의 모습에서는 어머니 같은 친근함과 푸근함 그리고 범접(犯接)할 수 없는 경건함과 엄숙함, 심지어 신비스러운 카리스마 같은 것까지도 느끼게 된다.

여기에 신학적, 종교적 해석을 붙여 누구에게 비는 것인가? 라고 질문을 던지는 것은 정말 무의미하다는 생각이 든다. 어떤 경우 어떤 명칭이든 그들이 드리는 기도의 대상은 전지전능하신 하나님일 것이다.

무슨 기도들을 드릴까? 지금까지 지내온 모든 것에 대한 무한한 감사의 기도일 수도, 사랑하는 가족의 쾌유와 평안을 비는 간구의 기도일 수도, 국가와 민족의 안위를 비는 기도일 수도, 때로는 사랑이 듬뿍 담긴 웬수를 사랑하는 마음으로 남편의 건강을 간구하는 기도일 수도 있을 것이다. 그런데 기도하는 남성은 좀처럼 볼 수가 없으니 남성들이 교만해서일까?

MRI(자기공명영상) 촬영실로 들어갔다. "팬티만 남기고 하의는 입고 나오세요."라고 하는, 촬영실 기사의 "하의는 입어라."라는 말에 그러면 상의는 입지 말라는 뜻인가 의심이 가지만 하의만 입고 그냥 상의는 벗은 채 빨래판 같은 앙상한 골조(갈비)만을 기지고 탈의실에서 나오자 "할아버지 상의를 입고 나오셔야죠." 하고 기겁을 하는 간호사들에게 내가 오히려 기겁을 하고 다시 들어가 상의 가운을 걸치고 나왔다.

다시 한번 확인하건대 잘못은 "하의를 입고"라고 말한 기사님의 잘못임을 밝혀 둔다. 몇 번의 촬영 경험을 한바, 모두 "팬티만 남기고 모두 갈아입으세요." 한다. "하의는 입으세요."라고 하지는 않는다.

한바탕 작은 소동(騷動) 후 수검자의 생년월일, 성명 등 확인 절차를 거치고, 자기공명 촬영기 침대 위에 누웠다. 척추관 협착 진단을 위해 검사를 받는 것이다.

느닷없이, 결혼 전에 예비 신랑, 신부 측 상호 간에 건강상태 증명용으로 골조상태(척추상태) MRI 사진이나 X-Ray 사진을 교환하는 것은 어떨까? 하는 엉뚱한 생각을 해본다. 내 경우로 보면 다른 무엇보다 골조상태가 중요하다는 생각이 들기 때문이다.

학창시절에 읽은 토마스 모어의 『유토피아』라는 소설에서는 건강한 신부를 고르는 과정 중에 신부가 나체 상태에서 검사를 받는 장면이 나온다. 남성들에게는 그게 정말 유토피아일 수도 있겠으나 저자 토마스 모어 경이 교수형에 처하게 된 데는 백만 분의 일이라도 이 장면이 영향을 주었을 것이라는 생각도 해본다.

편안하게 누워 있으면 침대가 터널 속으로 들어간다. 컴퓨터 단층(CT) 촬영 시와는 다르게 '웅~' 하는 공명(共鳴)소리가 제법 크게 들린다. 침대가 터널 입구에 다다르자 '빵빵빵빵' 하는 경고음이 들린다. 지은 죄를 찾아내는 소리 같은 느낌을 받는다. 이 촬영이 내부의 몸 상태만 들여다보는 게 아니고 어떤 죄를 지었는지도 찾아내어 천국에 들어갈 수 있는지의 유무를 판정하는 과정이라는 생각이 든다.

지은 죄가 너무 커서 천국에 들어가기는 어렵겠다는 생각을 하는 찰나 순식간에 침대가 터널 밖으로 나왔다가 다시 들어가기 시작한다. 이번에는 '빵빵' 하는 경고음 소리가 아니라 '탕탕탕탕' 하는 전혀 다른 소리가 마치 죄 씻기를 하는 소리같이 들린다. 죄를 씻어낸 후 천국에 들여보내려고 하나 보다. 죄를 찾아낼 때 걸리는 시간보다 죄 씻기를 하는 시간이 3배는 더 걸리는 것 같다. 이윽고 몸이 후끈후끈 해온다. 완전히 죄 씻음을 받았나 보다.

"여보, 나 지금 천국으로 들어가. 우리 천국에서 또 만나자." 내가 말한다.

"아니, 또 만나다니. 무슨 그런 끔찍한 소리를…" 아내의 목소리가 들린다(그렇게 말하지는 않겠지 하는 희망도 가져본다).

"자 검사 끝났습니다. 조심해서 일어나세요."라는 소리에 잠이 깼다. 현실로 돌아온 것이다. 여러 종류의 질병으로 고통을 당할 때가 종종 있고 육체의 사용 연한도 다 돼서 그런지 가끔 천국에 가는 꿈을 꾸고는 하는데 아마 잠깐 잠이 들었던 것 같다.

주섬주섬 세상 옷을 다시 입고, 휴게실로 가서 커피 한 잔으로 휴식을 취하면서 오가는 환자들을 유심히 살펴본다. 비칠비칠 쓰러질 듯하는 환자는 고약한 얼굴의 할아버지고 옆에서 부축하는 이는 인자한 얼굴의 할머니다. 휠체어에 앉아 있는 쪽은 늘 할아버지요, 미는 쪽은 여지없이 할머니다.

환자는 남자요, 돌보는 이는 여자가 대부분인 이 이유는 무엇일까? 남자를 돕는 배필로 여자를 만들었기 때문일까? 예수님은 지은 죄 때문이 아니라고 하셨지만, 환자 할아버지들께서는 죄깨나 지었을 성싶은 모습들이다.

할머니는 휠체어에 앉아 있는 할아버지에게 "물이라도 갖다 드려요?" 한다. 할아버지는 "배고프다니까. 빨리 가서 빵 좀 사 오라니까?" 명령조의 목소리다. 할머니는 급히 사라졌다가 빵 몇 개와 우유를 사 들고 나타난다. "누가 우유 사 오랬어? 콜라를 사 오지, 팥빵을 사 와야지. 이게 무슨 빵이야!" 하면서 빵을 책상에서 밀어 떨어뜨린다. 천상천하 유아독존(天上天下唯我獨尊) 격이다.

이 할아버지는 "다른 빵 사 오라고!" 병원 전체가 다 들을 수 있을 정도로 소리친다. 얼굴을 자세히 보니 인자한 구석이라고는 찾아볼 길이 없는 심술궂은 얼굴로 손자녀가 가까이 갈까 싶은 얼굴이다.

아날로그 시대는 가고 디지털 시대인데 아직 이렇게 용감무쌍

한 남자가 있다니, 이 할아버지는 머지않은 장래에 할머니의 반격을 받아 얼굴에 붕대를 감고 다닐 날이 올 것이다. 이는 지동설보다 더 확실한 진리다.

에덴동산에서 여자가 건네준 사과를 맛있게 먹고는 하나님께 "당신이 나에게 준 이 여인이 나에게 사과를 주었기 때문이다."라고 하나님과 아내에게 핑계를 댄 죗값으로 휠체어에 앉아 있는 이런 용감한 사나이들은 의료진이 마음에 들지 않으면 그들에게도 고성을 지르며 노인 갑질을 해대기도 한다.

여러 모로 힘들게 하고 지치게 하는 환자들을 대하고도 내색 하나 없이 다음 환자들을 친절과 정성으로 대해주는 의료진들에게 늘 감사하는 마음을 갖는다.

나는 병원에 올 때마다 세계 최고의 의술을 보유한 의료진들과, 어느 때라도 필요할 때 쉽게 이들에게 진료를 받을 수 있는 환경, 그리고 최신 의료 장비들을 갖추고 있는 의료 시설, 의료 행정 등 대한민국의 근대화된 의료 시스템 전반에 깊은 감사의 마음을 갖고는 한다.

1980년대까지도 인도의 시골에서는 신생아의 탯줄을 자르고 그 부위에 소똥을 바르기 때문에 파상풍에 걸려 죽는 신생아들이 많았다고 한다. 2009년까지도 아프리카의 '코트디부아르 공화국'에서는 컴퓨터 단층 촬영(CT)을 위해 이웃 나라 가나로 중환자가 이송돼야만 하기도 했단다(데이비드 제럿, 『이만하면 괜찮은 죽음』참조).

　우리는 원하기만 하면 수시로 최고의 의료진에게 최상의 진료와 치료를 받을 수 있고, 조금 큰 병원에서는 어려움 없이 CT나 MRI 검사를 받을 수 있으니 얼마나 감사할 일인가?

　CT 촬영 시나 MRI 촬영 시, 혹은 침대에 누운 채 수술실로 들어가는 짧은 시간에라도 환자는 대한민국의 발전된 의료 시스템과 의료관계자들에게 깊이 감사하는 마음을 가지면서, 때로는 삶과 죽음과 죽음 후의 세계 등에 대해 자신의 영혼과 조용한 대화를 속삭여 보는 것도 치료에 큰 도움이 될 뿐 아니라 성숙에도 큰 도움이 되지 않을까 생각해 본다.

3장

글로벌(Gloval) 시대

각각의 언어가 다르고 살아가는 풍습은 다르다 해도
어느 나라에 살든 어떤 경우이든, 사람들 사이에 서로
교감이 가능한 것을 보면, 하나님은 자신의 창조물인
인간의 마음속에 근본적으로 똑같이 서로 사랑하는
마음을 심어 주신 것 같다.

출장 회고(回顧)

"세상은 넓고 할 일은 많다."

기억하는 사람이 있을지 모르지만 이 말은 1960년대 중반 많은 젊은이들에게 웅지(雄志)를 가지고 좁은 국내 경쟁시장(red ocen)에서 벗어나 넓은 세계(blue ocen)에서 큰 꿈을 펼치도록 해외 진출의 꿈을 심어준 전 대우 김우중 회장의 말이다.

여권 발급절차나, 출입국 관리 절차의 간소화, 편리하고 많은 항공편, 간편해진 여행절차, 환승시스템이 잘 되어 있는 각국 공항들의 시설 등 해외 여행하기가 제집 드나들 듯 쉬워진 요즘 세대들에겐 외국에서 보고 느끼는 사실들이 새삼스럽다거나 배울 것이 있다거나 하는 생각을 별로 갖지 않을 수도 있겠다. 그러나 해외여행 기회가 별로 흔치 않아 해외 출장길에 오를 때면 가벼운 설렘까지 느끼던 1970년대, 1980년대의 출장자들은 짧은 해외 출장 기간에도 많은 것을 보고, 느끼며, 배우려고 하는 마음을 가지고 있었다.

이제 지난 일들의 기억이 하나둘 점점 가물가물해지는 나이에 접어들면서 옛날이 그립기도 하거니와 그런 일도 있었던가 싶게 잊혀져 가는 사실들을 생각나는 대로 기록해 두어 과거를 회상할 때 잊지 못할 추억으로 사용하고 싶은 마음이 든다.

40여 년 전인 1980년도까지만 해도 여권발급 절차는 까다로웠고, 발급기간도 발급신청 후 최소 이주일 이상 소요됐으며, 여권을 발급받은 후에는 방문예정국 대사관에서 비자(Visa) 발급을 받아야 했다(대부분 출장자들은 이런 절차들을 회사에서 대신해 주었기 때문에 기억이 나지 않을 수도 있다). 당시 무비자로 입국할 수 있는 나라는 한 나라도 없었기 때문이다. 출국 전에는 반드시 정부 측에서 시행하는 소양교육이란 것을 받아야 했고 소양교육필증이 없으면 출국이 불가능했다. 하루 6시간 정도 받았던 것으로 기억되는 소양교육 내용은 주로 우리나라의 간추린 역사와 문화, 민간 외교관 역활을 하게 된다는 사실의 인식과 지켜야 할 품위, 그리고 여행 시 주의할 점 등이었다.

예를 들면 "택시나 엘리베이터는 절대로 혼자 타지 말고, 백화점 화장실에 혼자 가지 말며, 택시를 타자마자 문을 잠가야 하고, 호텔이나 식당에서는 팁을 주어야 하고, 식당 입구에서는 웨이터가 안내할 때까지 기다려야 하고 길을 물을 때나 도움을 청할 때는 플리즈(please)라는 말을 해야 한다." 등등이다.

요즘 사람들이 들으면 웃음이 나올 일들이지만 그런 과정들을 거치면서 오늘이 있게 된 것이다. 우리가 생각해도 격세지감(隔世之感)이 느껴진다.

지금은 해외에 나가서도 대한민국 국민이라는 것에 어깨가 펴지고 자부심을 느낄 뿐만 아니라 그만큼의 대우도 받지만, 70~80년대는 대부분의 유럽인들이나 미국인들이 "일본에서 왔느냐?"라고 물은 다음 "중국에서 왔느냐?" 하다가 "그럼 어느 나라에서 왔느냐?"라고 묻고 "코리아에서 왔다."라고 하면 "코리아?"라고 되묻고는 어떤 나라인지 모른다는 듯한 반응을 보이곤 하던 때이다.

대한항공에 적립된 마일리지가 240,000만 마일이 넘는 것으로 볼 때(2000년 기준), 무역 업무나 해외 관련 업무와는 거리가 먼 직장에서 근무한 사람치고는 내 출장 횟수와 거리가 제법 많은 편이 아닐까 하는 생각이 들기도 한다.

시카고 출장 중에는 길에 쓰러져 병원에 실려 가기도 했고, 귀국행 비행기에서는 몸에 이상이 발생하여 승무원들이 달려오고 기장이 "기내에 응급환자가 발생했습니다. 의사분이 계시면 도와주시기 바랍니다."라는 방송을 하는 소동을 경험하기도 했다.

짧은 출장 기간 때문에 육체적 피로가 쌓이기도 하고 위장장애가 있어 입에 맞지 않는 이질적 음식 등으로 다소 불편을 겪을 때도 있었지만, 출장을 자주 다니다 보니 그에 따른 노하우(know-how)가 생긴다. 시차의 어려움을 전혀 느끼지 않는 노하우도 생기고 또한 현지인들과 금세 친해지는 비결(?)의 노하우도 생긴다

쓸데없는 것을 다 배운다는 비판을 심심치 않게 받던 우리 시대 특유의 다양하게 받은 교양 상식이 외국에 나갔을 때 의외로 유용하게 쓰일 때가 있다.

일례로 미국에 출장 가서는 미국인도 처음 들었다는 필라델피아의 자유의 종(Liberty Bell)에 관련된 이야기, 스위스에서는 윌리엄 텔(빌헤름텔,William Tell), 독일에서는 로렐라이언덕(Lorelei Hill)에 관한 이야기 등으로 현지인과 친밀한 대화를 즐길 수 있었다.

나의 출장 대상국은 모두 우리나라보다 에너지산업 특히 원자력 이용에 앞선 나라들로 영국, 프랑스, 독일, 스위스, 덴마크 등 유럽 국가들과 미국, 캐나다 등이고 동아시아에서는 대만과 일본이었으며 거의 모든 나라에 최소 두 번 이상은 방문하였다.

지금도 마찬가지겠지만 출장 기간이라야 보통 일주일 전후의 짧은 기간이라 방문국의 문화나 관습들을 접해본다는 것이 극히 단편적이고 피상적일 수밖에는 없지만 그래도 패키지 여행보

다는 비교적 현지 문화에 가까이 할 수 있는 이점은 있다고 여겨진다.

해외여행이 잦은 요즘에는 출장 선물이란 개념조차 없어졌겠지만 그 시절 출장자에겐 출장 선물이란 단어가 은근히 따라다녔다. 회사에서 직접 경비로 처리하는 항공료와 호텔숙박료를 제외한 기타출장료는 퍼디움(perdiem, 일당), 식비(食費), 교통비, 수당 등의 명목으로 출장자에게 직접 지불되는데 이 중 교통비와 식사 비용은 일반적으로 방문 대상 회사에서 지급하고 자기도 절약하기 때문에 일주일의 출장 기간인 경우 당시 화폐 가치로 400~500달러의 출장비가 절약된 것으로 기억되며 이 절약된 출장비로 가족과 직장 동료들의 선물을 사게 된다.

가족이야 잘 알기 때문에 쉽게 선물을 선택할 수 있지만 직장 동료들의 선물을 선택하는 것은 그리 쉽지가 않아 은근히 스트레스로 작용하기도 한다. 시간의 제약 때문에 선물을 미처 구입하지 못했을 경우는 지금도 존재하고 있는 탑승 후 기내 구입이 가능하다. 시간의 여유가 없었던 출장자에게 이 기내(機內) 구입 서비스는 구세주 같은 고마운 존재다.

술과 양담배! 당시 해외여행을 다녀왔다는 증명서다. 귀국 시 한국 사람이면 누구나, 예외 없이 양주와 양담배를 손에 들고 비행기에서 내렸다. 술은 한 병으로 제한됐었다. 주로 시바스리갈 아니면 조니워커였고 담배는 한 보루로 제한됐는데 주로 카우보이 모자로 대변되는 말보로거나 아니면 낙타가 그려진 카멜이었다. 술을 마시든 안 마시든, 담배를 피우든 안 피우든 선물할 사람이 있건 없건, 상관없이 모두들 구입했는데 그만큼 당시 대한민국의 국민 경제 수준이 낮았다는 증거의 한 단면일 수 있다.

해외를 다녀왔으면 의례적으로 이들을 내놓는 것이 관습처럼 여겨졌고 해외여행이 잦은 집에는 소위 양키 아줌마로 불리는 사람으로부터 양주와 양담배를 가지고 있는지 묻는 전화가 자주 걸려오고는 했다. 양주를 마시고 양담배를 피우는 것이 부의 상징으로 여겨지던 때의 일이다.

요즘은 귀국 시 세관검색대를 검사 없이 자유롭게 통과하지만 당시에는 누구나 검색대에서 가방을 열어 보이며 반입불허 물품을 소지하고 있는지, 구입한 물품의 총량이 구입한도금액(購入限度金額)을 초과했는지를 조사받아야 했다. 기억이 확실치는 않으나 1970~80년 당시, 외국에서 구입한 물품의 총가격이 300달러가 넘으면 세관에 신고를 해야 반입이 허용되었다. 그만큼 당시는 여행하는 승객들의 수가 적었기 때문에 모든 승객들의 반입물품검사가 가능하기도 했고 또 검사는 지극히 당연한 것으로 받아들여지고 있었다.

수상한 점이 발견되거나 제보에 의해 의심을 받는 승객의 가방은 샅샅이 뒤져지고 파헤쳐져서 가방의 옷가지들은 마치 밤새

도둑이 들어와 집안을 뒤죽박죽 만들어 놓듯이 마룻바닥에 던져지고 흩어지는 바람에 검색대 주위가 온통 남대문 좌판대 옷가게 같은 모습이 연출되기도 했으며 심지어는 여성분들이 감추고 싶어 하는 속옷까지도 민망하게 뒹굴 때도 있었다.

지금 같으면 세관원들이 갑질한다고 난리가 나고 대서특필할 만한 신문 기삿거리가 되겠지만 모두 오늘이 있기까지 거쳐 온 옛날 이야기들이다.

지금으로부터 42년 전인 1977년 12월 초, 미국 동북부 코네티컷주의 수도 하트퍼드(Hartford)에 있는 '컴버션 엔지니어링' 본사를 경유하여 남동부 테네시주 차타누가시에 있는 '컴버션 엔지니어링' 공장을 방문한 다음 귀국하는 장거리 출장길에 올랐다. 대한항공이 뉴욕 취항 전이라 일본으로 가서 노스웨스트(Northweast) 항공편을 이용했다.

당시 노스웨스트 승무원들은 보통 40~50대의 아주머니들이 주를 이루고 있었고 60대 할머니로 보이는 분도 있었는데 기내 서비스는 세계 항공사 중 최고라는 평을 받고 있었다. 이 할머니들은 하나같이 까만 줄로 매단 안경을 턱 밑에 달고 다니면서 서

빙을 하다가 기내식 주문을 받을 때는 안경을 쓰고 메모지에 주문 내용을 적고는 했다.

그때는 규격화된 몇 가지 기내식 중에서 승객의 주문을 받아 제공했는데 승객들 중에는 제공되는 음식의 재료에 대해 자세히 묻기도 하고 어떤 재료는 빼달라고 주문하는 것같이 보이는 승객들도 있었다.

항공기가 알래스카 앵커리지 공항에 진입하는 과정에서 "항공기는 공항에 잠시 기착한 후 1시간 뒤에 출발할 예정이니 모든 승객들은 내렸다가 30분 후에 다시 탑승해 주시기 바란다."라는 기장의 안내방송이 있었다.

나중에 알게 된 사실이지만 동북아(東北亞)에서 출발하여 유럽이나 미주지역으로 향하는 비행기들은 모두 앵커리지 공항에서 재급유를 받고 비행을 계속한다고 한다. 비행기에서 내려 공항 로비 여기저기를 구경하다 활주로를 내려다보니, 12월의 겨울 날씨인데도 불구하고 작업하고 있는 인부들이 놀랍게도 반팔 차림을 하고 있었다.

알래스카 하면 털모자를 쓴 에스키모인들이나 이글루(얼음집)만을 생각했던 나의 편견이 완전히 깨지는 순간이었다.

확실히 "세계는 넓고 배울 건 많다."

재탑승 후 비행기가 뉴욕 케네디 공항에 접근할 때 승무원 할머니가 나누어 주는 입국 신고서를 작성하다 보니 지참하고 있는 돈의 액수를 기록하는 항목이 있어 여러 가지 생각에 잠시 주춤하기도 했다. 며칠 전에 읽은 연암 박지원의 『열하일기』가 생각났기 때문이다.

지금으로부터 240여 년 전인 1780년 청나라 방문기록인 『열하일기(熱河日記)』에는 청나라로 들어갈 때 지참할 수 있는 돈의 액수와 조선에서 반출할 수 없는 금수품(禁輸品), 그리고 이를 위반할 시 받는 형벌의 종류 등이 자세히 기록되어 있으며 내용은 아래와 같다.

지참금 한도 액수: 당상관 3,000냥

당하관 2,000냥

반출금지 품목 : 황금, 진주, 인삼, 수달 가죽

형벌: 한 번 위반 시: 곤장을 맞고 물품 몰수

두 번 위반 시: 귀양

세 번 위반 시: 현장에서 효수(목을 베다)

그런데 금수품목에 자연환경 보호를 위해 수달 가죽이 포함된 것을 보면 240여 년 전인 이조시대에도 우리 선조들의 국가 운영은 그렇게 허술하지 않았으며 아주 세밀한 사항까지도 검토하고 있었다는 것을 생각하니 조상들의 지혜와 예지(豫知)가 존경스럽기까지 했다.

장시간 비행 끝에 비행기는 승객들의 박수를 받으며 뉴욕 케네디 공항에 사뿐히 착륙했다. 당시에는 비행기가 흔들림 없이 착륙하면 승객들이 박수를 쳐주었다. 곧이어 공항입국 심사관의 범죄 수사관 같은 예상치 못한 질문에 어리둥절하기도 했다.

"무슨 목적으로 왔나?"

"머무를 장소가 어디냐?"

"출국예정일은 언제?"

예상했던 질문들이다. 그러고는 황당한 질문이 계속되었다.

"음식물, 채소, 과일, 꽃, 묘목들을 가지고 왔나?"

"특정 정당이나 범죄 조직에 가입한 적이 있나?"

"공산당에 가입한 적이 있나?"

"지금 무기나 마약을 소지하고 있나?"

"No."라고 대답할 뻔한 질문을 쳐다보지도 않고 뱉어내는 저의에 무언가 잘못되어 가는 것이 아닐까 생각하는 순간 철커덕 입국허가 도장이 찍혔다.

케네디 공항에서 전철을 이용하여 뉴욕 숙소에 도착한 후 간편한 복장으로 갈아입고 시내 구경을 나섰다. '메시를 보지 않고 뉴욕을 보았다고 말하지 말라.'라는 현수막이 걸려 있는 메시백

화점에서 증명사진 한 장 찍고 휘황찬란한 네온사인이 유혹하는 광란의 타임스퀘어를 구경하고 뒷골목길로 들어서자 시커먼 쓰레기 봉지들이 여기저기 산더미처럼 쌓여 있었다. 어느 도시든 빛과 그림자는 상존하나 보다.

당시 세계에서 제일 높은 건물인 102층 엠파이어 스테이트 빌딩을 구경했다.

'세계에서 가장 높은 산은 에베레스트산', '세계에서 가장 추운 곳은 시베리아의 베르호얀스키', '세계에서 비가 제일 많이 오는 곳은 인도의 앗삼지방', '세계에서 제일 높은 빌딩은 엠파이어 스테이트 빌딩' 하고 외우던 초등학교 때가 생각났다. 아무리 생각해도 별걸 다 외웠나 싶다.

이튿날 케네디 공항에서 하트포드 공항으로 이동하면서 비행기에서 내려다본, 스케이트장같이 얼음으로 덮여 있는 그 광활한 대지(밭)는 지금도 기억 속에 생생하다.

대지의 제약이 없기에 단층으로만 지어져, 아름다운 숲에 싸여 있는 사무실까지도 다람쥐가 자유로이 드나드는 컴버션 엔지니어링 본사의 환경을 대하고 보니 청교도들이 종교의 자유를 찾아올 것에 대비하여 하나님이 예비하신 축복의 땅이라는 생각이 들었다.

컴버션 엔지니어링(combustion Engineering)사는 화력발전과 원자력발전 기술에서 세계적인 회사로, 우리가 방문한 9년 뒤인 1986년에는 원자로 계통설계 국산화를 위해 한국 원자력연구소 기술진 40여 명이 파견되어 기술훈련을 받기도 한 회사다.

거의 미국 최북단의 하트포드 공항에서 비행기 편으로 최남단, 동남부에 있는 조지아주 애틀란타 공항으로 이동한 후 자동차 편으로 테네시주 차타누가에 있는 CE 공장으로 향했다. 우리에게도 잘 알려진 1960년대 유명한 가수 페티페이지가 부른 '테네시' 강가에 위치한 컴버션 엔지니어링(CE) 차타누가 공장에서는 세계에서도 손꼽히는 화력발전 설비와 원자력 발전설비를 제작·생산하고 있었다.

공장 방문을 마치고 차타누가에서 다시 애틀랜타 공항으로 이동하면서 보이는 저택들은, 정면에 굵은 기둥들이 늘어서 있는 주랑형(柱廊形)의 전형적인 남부 고급의 농장 저택으로 영화 〈바람과 함께 사라지다〉에서 본, 흑인 노예들을 거느리고 부유한 삶을 살아갔던, 남부 농장주들의 삶을 떠올리게 한다.

이곳 조지아주는 버지니아주와 함께 링컨의 노예해방 정책에 반대한 남부 연합군의 본거지가 되어 링컨의 북군과 치열하게 싸웠던 곳이기도 하다. 광활한 목화 농장을 운영하는 입장에서는 흑인의 노동력이 절실히 필요했고 흑인의 해방 문제는 생사가 달린 문제였으리라.

남부의 재력 때문인지 전쟁 초기에는 충분한 군사비와 막강한 군사력을 동원한 남부연합군에 밀리는 링컨의 북군은 고전을 면치 못했으며 이런 전쟁 중에도 쉬지 않았던 링컨의 기도는 유명하다. 수세에 몰리고 있던 북군의 한 장군이 링컨에게 물었다. "하나님이 우리 편에 서실까요?"라고 하자, 링컨은 "그것보다 우리가 하나님 편에 서 있는 것이 더 중요합니다."라고 했단다.

과연 북군은 하나님 편에 서 있었을까?

싸움은 북군의 승리로 끝이 나고 링컨은 노예해방이라는 인류 역사상 가장 위대한 업적을 남겼다. 해리엇 비처 스토(Harriet Elizabeth Beecher Stowe)의 소설『톰 아저씨의 오두막(Uncle Tom's Cabin)』을 읽어 본 분이라면 알 것이다. 곧 노예로 팔려 가족이 뿔뿔이 흩어지게 될 운명에 처한 흑인 톰이 가족과 함께 자기들을 잡으려고 뒤쫓는 백인 농장 사냥꾼을 피해 맨발로 얼음 덩어리를 건너뛰면서 미시시피강을 건너는 모습을 읽어본 분이라면, 누구도 노예해방에 반대할 수가 없었을 것이다.

남북전쟁의 격전지를 지나치면서 많은 생각이 교차한다. 모든 인간사에는 늘 한쪽만이 옳다고 생각할 수 없는 저마다 사연이 있게 마련이다.

애틀랜타 공항에서 LA 공항으로 이동하면서 내려다보는 미국은 정말 영화 제목처럼 '빅컨츄리(Big Country, 그레고리펙, 진시몬스가 주연한 영화)'라는 것이 새삼스레 느껴진다. 미국의 첫인상은 어느 모로 보나 큰 나라(Big country)요 복 받은 나라(God Blessed Country)라는 말밖에는 달리 설명할 적당한 말을 떠올 릴 수 없는 나라였다.

애틀랜타에서 델타 항공편으로 LA 공항으로 이동해서 다시 노스 웨스트 항공편으로 귀국하여 긴 여정을 끝냈다.

스위스, 독일, 프랑스편

스위스

1978년 1월 추운 겨울, 스위스의 취리히(Zurich)에 있는 보일
러 제작사 '슐츠(Schultz)'를 방문했다. 감기 몸살로 열이 많이 올
라 회의 중간에 밖으로 나와 얼굴, 팔 등은 물론 와이셔츠를 들
어 올리고 몸통까지도 눈으로 마사지하며 고생하던 일이 기억
난다.

감기약을 사려고 약방을 찾아 한참 동안 헤매다가 한 행인한
테 약국이 어디 있는지를 물으니 조금 설명을 하다가 아예 약국

까지 같이 가주는 친절을 베풀었다. 아마도 약국이 그렇게 많지는 않은가 보다 생각하며 호텔로 돌아와 보니 눈 위에 많이 뿌린 염화칼슘 때문에 구두가 발등까지 하얀 소금 색으로 변해 있었다.

취리히에 하나밖에 없다는 한국 음식점 '코리안 파빌리온(Korean Pavilion)'을 찾아 식당에 들어서니 "새벽종이 울렸네. 새 아침이 밝았네." 하는 박정희 대통령 작사·작곡의 새마을 노래가 울려 퍼지고 있었고 주인은 거의 일여 년 만에 고국에서 오신 동포들을 만난다고 무척이나 반가워했다. 그때는 본국으로부터의 방문객이 그만큼 드물었고 국력이 아주 미약할 때였다.

두 번째 취리히 방문 시기는 여름이었는데 업무가 예상외로 일찍 끝나자 융프라우에 다시 한번 오르려고 등반열차가 시작되는 인터라캔 역에서 산악열차를 타고 한 스위스 부자(父子)와 마주 앉게 됐다.

열차 행상(과자)이 지나가는 것을 본 10살쯤 돼 보이는 아들이 과자를 사려고 배에서 돈을 꺼내는데 돈이 부족한 모양이었다 (주머니에서 돈을 꺼내지 않고 티셔츠를 벨트 밖으로 빼서 올리니 배에 돈이 있었다).

아버지에게 집에 가서 줄 테니 돈을 빌려달라 하는 아이, 돈을 빌려주는 아버지, 빌린 돈으로 과자를 사는 아이, 모두가 흥미로웠다. 그런데 아버지는 자기 돈으로 과자 한 봉지를 사서 나에게도 권했다. 아이는 아버지에게 과자를 사달라 하지 않고 돈을 꾸어서 사고, 아버지는 아이의 과잣값은 지불하지 않고 자기 것만 지불하는 신기하고도 흥미로운 모습이었다.

순간적으로 우리나라의 문화와 비교하며 어느 편이 아이들 교육에 더 효과적일까 하는 생각을 해보았지만 간단하게 판단 내릴 수 있는 문제는 아닌 것 같았다.

융프라우에서 보는 만년설이 몇 년 전 1차 방문 시보다 눈에 띄게 많이 줄어들어 눈에 덮여 보이지 않던 커다란 바위가 보였다. 물론 지난번 방문 때는 눈이 많이 내리는 겨울철이었고 이번 방문은 여름철임을 감안해도 그랬다.

화석연료를 줄이기 위한 세계의 대체에너지 정책은 지지부진한데도 굳이 원자력발전소 건립만을 반대하는 환경단체들이 이렇게 급격히 줄어드는 만년설을 보면 어떤 생각이 들까?

스위스에서는 10여 년 전인 1969년에서부터 이미 원자력발전소를 가동 중에 있었다. 청정국가이고, 곳곳에 수력발전소를 건설할 수 있는 유리한 자연환경을 가지고 있는 스위스가 왜 원자력 발전소를 운영하고 있을까? 시사하는 바가 크다고 생각된다.

융프라우 터널을 통과하는데 영어 안내 방송 다음에 일본어 방송이 나왔다. 암반을 뚫고 터널을 만드는 초기 사업에 일본이 큰 투자를 했을 뿐만 아니라 일본인 단체관광객들이 그만큼 많다는 뜻이 아닐까 생각하니 일본의 저력이 새삼 느껴졌다(2여 년 후 은퇴

하고 아내와 같이 다시 왔을 때는 영어 방송과 일본어 방송 후에 한국어 안내 방송이 나왔다. 급격히 증가한 한국 관광객에 대한 배려일 것이다. 한국의 국력이 그만큼 성장했다는 사실에 뿌듯한 마음이 들었다).

스위스의 대표적 음식 중 하나인 퐁듀는 짜게 먹는 나에게도 간이 딱 맞는다. 스위스 항공사 기내음식으로 나온 훈제연어도 조금 짜다. 스위스 음식은 유럽의 다른 나라보다 일반적으로 짠 것 같다. 참으로 웅장하고 신비스럽고, 알프스 소녀 하이디를 생각나게 하는 아름다운 알프스의 풍경을 뒤로하며 비행기는 스위스를 떠났다.

독일

1980년대 중반, 프랑크푸르트에 있는 세계 최고의 터빈발전기 제작회사인 '지맨스(Siemens)'와 독일 원자력연구소, 프랑스 원자력 회사 '프라마톰', 그리고 미국 캘리포니아 북부에 있는 '디아블로 캐년' 발전소를 방문한 후 귀국하는 장거리 출장이었다.

프랑크푸르트에 도착하니, 현지인들은 다른 유럽인들과는 달리 프랑크푸르트 축구팀에서 활약 중인 차붐(차범근)을 언급하

라인강에서

며, 우리나라를 잘 알고 있었고, 친절하게 대해 주었다. 우리는 축구 선수 한 명이 이렇게 훌륭한 외교관 역활을 할 수 있다는 사실에 놀랐다.

『젊은 베르테르의 슬픔』과 『파우스트』를 쓴 괴테의 생가가 마침 이곳에 있어 생각지도 못한 행운의 방문기회를 갖기도 했으며 전혀 기대하지도 않은 하이델베르크를 방문할 기회도 얻었다. 지맨스와의 회의가 끝나자 직원 한 분이 우리를 하이델베르크로 안내하겠다고 했다.

'하이델 베르크'란 이름도 처음 들어보고, 어디에 위치해 있는지도, 어떤 도시인지도 전혀 모르는 우리를 태운 자동차가 몇 분후 앞이 탁 트인 도로에 올라섰고, 속력을 내기 시작하는데 속도제한은 염두에도 없는 듯 순식간에 시속 140~150km를 넘나들었다.

이 도로가 바로 유명한 독일의 속도 무제한 고속도로 '아우토반(Autoban)'인 것이었다. 자동차는 벤츠 소형차였고, 손님 대우차원으로 나는 조수석에 앉을 수밖에 없었고, 설상가상으로 운전을 하고 있는 친절한 안내자는 반은 앞을 보고 반은 나를 보면서 계속 말을 해댔다. 손잡이를 꽉 잡고 있는 나의 등에서는 식은땀이 흘렀다. 어찌나 속력을 내는지 앞차들이 옆으로 잘도 비켜줬다. 마치 사고가 나도 손잡이는 안전하다는 것처럼 손잡이를 잡은 손에 힘이 잔뜩 들어갔다.

"어쩌다 여기까지 와서 횡사를 당하게 되는가?"

집에 있는 웬수와 토끼들 모습을 계속 떠올리면서 한 시간 정도를 지옥에서 보낸 후 살아났다.

하이델베르크는 당시 우리에게는 잘 알려지지 않은 세계적인 관광 명소로, 1368년에 설립된 세계에서 제일 오래된 대학 중 하나인 하이델베르크대학이 꽤나 인상적인데 특히 대학생들이 가는 감옥이 있다는 것이 흥미로웠다. 1689년, 1693년 프랑스에 의해 파괴된 하이델베르크성과 파괴된 많은 건물들을 그대로 보존하여 후세들의 교육 현장으로 활용한다는 이야기에 수시로 옛것을 헐어버리는 우리의 모습이 떠올랐다. 하이델베르크대학에서 내려다보이는 시(city) 전경은 아마도 세계 제일일 것 같다는 생각이 들 정도로 아름다워 보였다.

마르틴 루터와 함께 종교 개혁을 주도한 장로교 창시자 존 캘빈(Jhon Calvin)이 잠깐 이 대학 교수로 재직했었다고 한다.

다음 행선지인 라인강변에 위치한 원자력발전소에서 강을 운행하는 큰 화물선을 보면서 우리나라도 강을 좀 더 효율적으로 이용하면 좋겠다는 단순한 생각을 해보았는데 20여 년 후 2008년에 대통령에 당선된 이명박 대통령이 나와 똑같은 생각을 실천에 옮기고 그 대가로 많은 사람들의 입에 오르내렸다.

프랑스

독일 원자력연구소를 방문하고 파리 드골 공항에 도착해서 안내원에게 예약된 호텔 이름을 알려주며 찾아가는 방법을 물었으나, 안내원이 아무리 검색을 해도 호텔 이름을 찾을 수 없다고 하며 호텔 이름을 잘못 알고 있는 것 같다고 했다.

호텔 이름 스펠링까지 확인해 가며 찾았으나 헛수고였다. 한참을 고민하다가 라데팡스(La Defence)에 있는 호텔을 검색해 보니 금세 나타난다. 서울에서 호텔 이름을 검색하면 강북에 있든 강남에 있든 다 검색이 되는데 선진국이라는 나라가 뭐 이런가 하는 부아가 치밀었다(너무나 많은 시간을 허비했다).

몇 년 전에도 이곳에서 스위스로 가는 비행기를 갈아타려고 몹시 헤맨 적이 있어 첫인상이 별로 좋지 않은 판국에 또 별로 유쾌하지 않은 일을 당한 것이다.

세계에서 제일 높은 우월감을 가진 국민이라더니 길을 물어도 대답도 잘 하지 않고 영어도 잘 사용하지 않는다. 전철을 타려는데 입구와 출구 표시인 IN, OUT을 볼 수가 없고 대신 Entree, Sortie 표시만 있었다. 당시에는 그랬다.

그렇지 않아도 나는 프랑스에 대해 별로 호감을 갖는 사람이 못 된다. 프랑스혁명당 시 많은 무고한 사람들에게 유죄 판결을

프랑스 라데팡스에서

내린 로베스피에르 판사의 행위에 내심 편치 않은 감정을 가지고 있는 입장이기 때문인가 보다.

프랑스혁명 하면 떠오르는 안타까운 인물이 있다. 바로 루이16세의 왕비 마리 앙투아네트다. 그녀는 프랑스와 프로이센을 평정하고 보헤미안(지금의 체코)의 왕관까지도 썼던, 마리아 테레지아 여제의 딸로 궁정에서 궁핍함을 모르는 부유한 생활을 했으며, 모차르트가 6세 때 피아노 연주를 하던 쇤브른 궁전(Schonbrunn Palace)에서 그녀를 처음으로 보고는 나중에 커서 결혼을 하겠다고 한 그녀다(정태남, 『동유럽 문화도시기행』 참조).

말하자면 모차르트의 첫사랑인 앙투아네트는 루이16세의 왕비가 되어 프랑스시민혁명 때, 국고를 탕진한 사치스러운 여인이란 누명을 쓰고 단두대의 이슬로 사라진 어쩌면 프랑스혁명의 대표적 희생양이 아닌가 하는 생각이 들기도 한다. 루이16세가 처형되기 전 "나의 죄목이 무엇이냐?" 물으니 "당신이 왕이라는 사실이 당신의 죄다."라고 판사가 말했다고 한다(이어령, 『소설로 떠나는 영성순례』 참조).

어찌 되었든 나는 다수의 떼가 벌이는 행위에는 늘 거부감을 느낀다. 사치 생활을 했다는 증거로 루브르 박물관에 전시된 침실, 보석 그리고 식기들은 유럽 어느 나라 박물관에서도 쉽게 볼 수 있는데 왜 유독 프랑스에서만 사치한 증거로 치부되었는지 의심이 간다.

혹시 당시 자기네들보다 선진사회였던 오스트리아 출신의 왕비에게 열등감을 가진 것은 아닐까? 당시만 해도 프랑스는 2층에서 인분을 거리로 마구 뿌려 대는 바람에 인분세례를 피하기 위해 양산(陽傘)을 개발하고 인분을 밟지 않기 위해 하이힐을 개발할 정도로 오스트리아보다 문화적으로 열등 국가였다고 한다.

프랑스만의 문제만은 아니지만 세상은 참 아이러니하다. 캄보디아는 폴 보트(Pol Pot) 정권의 '킬링필드' 때문에, 중국은 진시황의 '만리장성' 때문에, 이집트는 람세스왕의 '피라마드' 덕분에 프랑스는 자신들이 그토록 적대시했던 루이14세, 16세의 '베르사유 궁전'과 '루브르 박물관' 때문에 앉아서 돈주머니를 불리고 있다. 우리나라는 일부에서 독재자라고 그렇게 싫어하는 박정희 대통령의 고속도로와 경제부흥 때문에 덕을 보는 일은 없을까?

프랑스의 원자력 회사의 보안시스템은 당시로써는 처음 접하는 엄청난 중압감이 느껴졌다. 마치 비행기에 탑승하는 정도로 엄중했다. 일정을 오전에 끝내고 시간 여유가 조금 있어 시간이 많이 소요되지 않는 관광지 몇 군데를 둘러보았다.

노틀담 성당

1950년대 후반, 안소니 퀸과 지나 롤로브리지다가 주연한 영화 『노트르담의 꼽추』가 우리나라에서 상영됨으로써 이 성당은 우리에게도 많이 알려져 있다. 12세기 말 센강변을 따라 침략해 오던 로마는 시테섬에 주피터신과 티베리우스 황제를 기리는 신전을 세웠으나 후에 프랑스가 그 신전을 헐고 노틀담 성당을 건설했다고 한다(윤선자,『이야기 프랑스사』참조).

유럽의 성당들은 대개 입구 상부에 성경에 나오는 사건들이 그려져 있는데 당시 성경을 읽을 수 없는 신도들을 위해 배려한 것이란다. 또한 유럽 성당들은 아무런 제재와 제한 없이 출입이 자유로우며 그런 와중에도 한쪽에서는 미사가 진행되기도 한다. 이를 볼 때마다 입구에 경비실이라는 것이 존재해 삼엄하기도 하고 폐쇄적이라는 느낌까지도 주는 한국 개신교 일부 대형 교회들의 모습이 떠오른다.

장단점이 있고 사정들이야 있겠지만 한 번 재고해 볼 점도 있지는 않을까 하는 생각이 든다.

개선문

개선문을 보기 위해 샹젤리제로 향했다. 사진으로 보아도 우리나라 독립문 같다는 생각이 들 뿐 별로 보고 싶은 생각이 없었으나 샹젤리제 거리를 걸어본다는 생각으로 구경했다. 서대문 사거리에 있는 우리나라의 독립문과 아주 닮았는데 그 규모는 인력거와 쌍두마차 문화만큼의 큰 차이가 난다.

청나라로부터의 독립을 외치며 청나라 사신을 영접하던 환영문(歡迎門)을 헐어내고 그 자리에 서재필 등이 설치한 독립문…. 그러나 120여 년이 지난 지금도 화이사상(華夷思想)에 젖어 있는 일부 세력들이 그 앞을 활보하고 있으니….

전쟁에서 승리하고 개선하는 황제와 장군을 환영하기 위해 나폴레옹이 만든 개선문, 승리하고 개선하는 자신의 모습을 상상하며 자신을 위해 만들었을 이 문을 정작 자신은 통과해보지 못했고 처음으로 이 문을 통과한 사람은 프랑스 국민들의 사랑을 많이 받았던 『레미제라블』(장발장 이야기)의 저자 빅토르 위고의 운구 행렬이었다고 한다.

인생사에서 내가 만든 것이, 내가 소유한 것이 진정 내 것일 때가 있었는가? 시간이 넉넉치 않아 개선문 전망대에는 올라가지 못하고 공항으로 발길을 돌렸다.

미움과 증오가 난무하는 혁명의 와중에도 사랑과 용서를 강조하며 『레미제라블』이라는 걸작을 남긴 빅토르 위고 덕분에, 그리고 학창시절 어린 마음에 순수한 사랑의 감정을 심어준 『별』이라는 아름다운 작품을 남긴 알퐁스 도데 덕분에 그나마 프랑스에 대한 비호감도 조금 줄어든다.

은퇴 후 아내와 다시 한번 와서 프랑스의 역사 유적들을 골고루 돌아보리라 생각하며, 죽기 전에 『별』의 무대 배경이 된 뤼브롱산이 있는 알퐁스 도데의 고향 프로방스의 퐁비에뉴에 꼭 가보리라 다짐하며 프랑스를 떠났다.

> 덴마크, 핀란드, 영국편

덴마크

핀란드(Finland) 출장길에 여유가 있어 덴마크를 들렀다. 덴마크는 구한말에 한일 간의 해저통신선을 설치한 국가로 이미 우리나라에 알려져 있었을 뿐 아니라 6·25 한국전쟁 때는 전투병력 대신 부상병을 치료하기 위해 의료진과 함께 병원선(病院船)을 파견한 국가로도 잘 알려져 있다.

1953년 중학교 시절에 인천 앞바다에는 빨간 적십자 마크를 한 하얀색의 산뜻한 덴마크 병원선이 오랫동안 정박해 있었다.

이 병원선에서는 국내 의료 기술진들이 하기 어려운 수술도 할수 있다는 이야기가 많이 퍼져 있을 정도로 의료기술이 뛰어났고 의약품 성능도 뛰어나 인천에 있는 병원에서는 이 배로부터 의약품을 원조받는다는 소문까지도 나돌았다.

처음 접한 코펜하겐 공항은 건물 바닥이 차가운 느낌이 드는 인조 타일이나 대리석이 아니고 친환경적인 목재로 되어 있어 친근하고 아늑한 분위기를 자아내고 있었다. 또 독특한 조명 시설들과 아름다운 색깔과 창의성(創意性)이 돋보이는 독특한 모양의 의자 등으로 이루어진 내부 디자인들도 디자인 강국이라는 것을 여지없이 보여주고 있었다.

공항 화장실에서 사용하는 화장지는 6·25 전쟁 중 물자가 부족한 우리나라가 국제연합한국재건단(운크라 UNCRA)의 원조를 받아 초등학교 교과서를 만들던, 누런색의 마분지 같은 저급품인 것을 보면서 우리나라 화장실에서 쓰는 고급 화장지가 너무 사치스럽다는 생각이 들었다. 대한민국이 잘 살게 된 것은 사실이지만 덴마크만큼은 아닌데 말이다(통계청 자료에 의하면 2013년 기준으로 덴마크의 GNP는 세계 5위의 58,000달러이고 대한민국은 세계 33위로 24,000달러다).

우리나라가 너무 일찍 샴페인을 터뜨린 것은 아닌가 하는 생각이 들기도 했다. 덴마크 중앙역 부근의 호텔에서 수속(chek in)을 밟는 동안 호텔 안내인이 네덜란드의 어느 왕과 미국의 유명한 가수가 머물고 간 호텔이라고 자랑을 했지만 한 번도 들어 보지 못한 사람들이었다. 일급 호텔인데도 불구하고 오래되어 우중충한 색깔로 변한 카펫과 어두울 정도의 조명과 추위를 느낄 정도의 난방, 좁디좁은 객실 등 호텔 시설들은 다른 유럽 나라와 같이 그들의 절약성과 검소한 생활을 느끼게 해주었다.

저녁까지 시간이 있어 이곳저곳을 둘러보았다. 시청청사 앞에 앉아 있는 안데르센의 동상은 다른 동상들과는 달리 앞을 바라보지 않고 옆을 보고 있었다. 어린아이들이 즐겨 찾는 티볼리(Tivoli Garden)공원을 바라보고 있었다. 어린 애들을 사랑하는 마음을 읽을 수는 있지만 얼마나 고개가 아플까 하는 생각이 들었다.

현재의 여왕 마르그레타 2세가 살고 있다는 아밀리엔보로 궁전으로 가보니 원형의 넓은 광장이 나오고 그 넓은 광장 3~4곳에서 까만 털모자에 하얀색 제복을 입고 어깨에 총을 메고 있는 멋진 근위병들이 보초를 서고 있었다. 로봇같이 꼼짝도 하지 않고, 근엄해 보여 접근할 용기가 나지는 않았지만 시험 삼아 말을 걸어 보았다. "인어공주상을 보고 싶은데 길을 알려달라."라고 하자 의외로 친절하게 가르쳐 주었다.

물어물어 겨우 찾아간 인어공주상은 앞으로 지나쳐 가면서도 발견하지 못할 정도로 작은 모습에, 너무나 실망이 컸다. 그래도 전 세계에서 연간 백만 명 이상의 관광객이 방문한다니 문화의

힘이 얼마나 크고, 안데르센의 『인어공주』와 『성냥팔이 소녀』의
위력이 얼마나 대단한지를 실감했다.

작지만 강한나라! 한때는 북유럽 전체를 국토로 삼고 호령하
던 나라! 그 국력을 바탕으로 주변 국가들이 덴마크 국기의 십
자가 즉 다네브로(Dannebrog) 십자가를 따르도록 영향을 행사했
던 나라, 여러 번의 전쟁으로 국토의 대부분을 잃고, 그 많은 패
전 보상금을 지불하고도 세계 5위의 GNP를 자랑하는 나라,
6·25 전쟁 중에 의료진과 병원선을 우리나라에 파견했던 나라를
뒤로하고 핀란드로 향했다.

'다네브로(Dannebrog)'란 덴마크의 힘이란 뜻으로 다네브로 십
자가는 십자가가 옆으로 뉘어져 있는 형태다. 노르웨이, 스웨덴,
핀란드, 아이슬란드 국기가 이 십자가의 형태다.

핀란드(Finland)

덴마크에서 핀에어(Finn Air) 항공편으로 핀란드로 향했다. 잘
알려진 대로 북유럽 4개국(덴마크, 스웨덴, 노르웨이, 핀란드) 중 3개
국은 모두 스칸디나비아 항공(Scandinavian Airline System)을 운
영하는데 유독 핀란드만은 핀에어(Finnair) 항공기를 운영한다.

세계원자력회의 참석(핀란드 헬싱키)

호수의 나라답게 비행기에서 내려다보는 국토는 호수뿐이고 주택은 가뭄에 콩 나듯 드문드문 보였다. 핀란드 하면 내게 떠오르는 것은 헬싱키올림픽과 인간기관차 자토벡, 산타 마을 그리고 한때 공산권이었다는 사실이 전부다. 이번 출장은 헬싱키에서 개최되는 세계 원자력 회의에 참석하기 위함이었다.

어쩌다 금발의 늘씬한, 바이킹의 후예인 미녀 스튜어디스와 대화를 나누게 되었다.

"일본(Japan)?"

"No."

"중국(Chinese)?"

"No."

그럼 어느 나라에서 왔느냐고 물어서 한국에서 왔다고 하니 아주 반갑다고 하면서 자기 근무 중에 한국 사람을 만나는 것은 처음인 것 같다고 했다. 관광을 하러 왔느냐고 묻길래 '세계 원자력 회의' 참석차 왔다고 하니 헬싱키에서 세계 원자력 회의가 열린다는 사실에 의외라는 표정을 지었다.

그러나 핀란드는 전체 발전량의 약 25%를 원자력 발전이 담당하는 원자력 발전의 강국이었다. 부부 동반해서 참석한 호주 대표가 그래도 아시아권에 가까운 나라라고 생각했는지 저녁 식사에 초대해서 참석했는데 그때 먹은 순록 스테이크가 나에게는 최악 중의 최악이었다.

아주 먼 오래전 일이 아니고 1996년의 일인데 그때까지도 묻는 순서가 "일본인이냐? 중국인이냐?" 였다. 그런데도 당시에는 우리나라의 위상을 실상 이상으로 착각하고 자만에 빠져 있던 국민들도 상당수 있었다.

비행기에서 내린 후 공항 편의점에서 조금 전 그 스튜어디스와 다시 만나게 되자 기념사진 한 장 찍자고 제안하니 흔쾌히 응했다. 175cm는 넘을 듯한 큰 키에 하이힐을 신은 미녀 앞에 서 있는 조그마한 키의 코리안은 주눅 들지 않고 당당했다. 그래도 지구 반대쪽 가장 먼 나라에서 왔는데 그냥 돌아가면 섭섭할 것 같아 느림보 트램을 타고 시벨리우스 공원, 헬싱키올림픽 운동장, 헬싱키 대성당 그리고 암석을 파내서 만든 템펠리 아우키오 교회(Temppeliaukio Church)를 관광했다.

의외로 도로 표시나 고유지명(固有地名) 등 안내판들의 형태와 크기가 미국 표지판들과 똑같고 모두 영어로 표기되어 있어 불편을 느끼지 못했다.

핀에어로 네덜란드 암스테르담 공항으로 이동한 후 그곳에서 대한항공편으로 귀국했다. 출장 중 가장 장거리 여정을 마감했다.

핀란드 에어 스튜어디스와

영국

오래전에 한 번 방문한 적이 있었고 이번이 공식적인 마지막 출장이었다. 한국전력기술을 은퇴하고 영국원자력기술(Automatic Energe Association England) 서울지사에 근무하던 1999년말 스코틀랜드에 있는 영국원자력 본사를 방문하는 길이었다.

이번 비행은 엥커리지 공항을 거치지 않고 중국, 몽골 상공을 통과하여 런던 히드르 공항에 도착했다. 맨체스터행 비행기로 환승하기 위해 대기 중에 둘러본 공항의 모습은 20여 년 전의 모습과 하나도 변한 것이 없이 온통 흰색의 터번을 쓴 인도인 종업원들로 가득 찬 모습이었다. 안내원들, 권총을 찬 경비원들, 탑승 검표원, 청소기 운전원 등 모두 인도인들이었다.

"대영제국에 해질 날이 없다."라는 옛말이 실감 났다. 대영제국의 기틀을 마련했던 엘리자베스 여왕이 죽은 지가 420여 년이 흘렀고 인도가 독립한 지도 80여 년이 지난 지금도 영국에는 각종 분야에서 일하고 있는 인도인들이 많고 중류 이상의 가정 중에는 아직도 필리핀인과 인도인 가사 도우미가 많이 있다고 한다.

지금 이곳의 영국 본토는 해가 졌지만 세계 곳곳에는 강렬한 햇빛이 비치고 있는 영연방(英聯邦)이 있다. 따라서 대영제국에는 해질 날이 없는 것이다.

맨체스터 교외에서 묵는 동안 마침 이 근방에 살고 있는, 아들과 결혼이야기가 오가고 있는 사돈 내외와 예비 큰며느리를 만나는 기적이 이루어졌다.

이후 런던으로 이동해서 옥스퍼드 대학을 구경했다. 템스강 상류 맑은 물에서 조정(漕艇) 경기를 하고 있는 학생들의 모습이 여유롭고 한가로워 보였다. 웨스트민스터 사원, 런던 타워, 빅뱅, 그리고 국회의사당 앞을 흐르는 템스강은 하류여서 그런지 썰물이 되자 펄이 보였다. 펄에 얹혀 있는 선박도 날렵한 강화플라스틱(FRP) 선박이 아니고 페인트가 여기저기 벗겨진 낡은 목재선박으로 선진국 분위기와는 어딘지 어울리지 않는 다분히 보수적인 모습이었다.

템스강을 가로지르는 다리 중에는 아직도 상원의원이 이용하는 다리와 하원의원이 이용하는 다리가 존재한다고 하는데 사실인지 확인을 해보지는 못했다.

영국에 가면 꼭 가보고 싶은, 어렸을 때 나의 마음을 사로잡았던 『보물섬』의 작가 '스티븐슨(Robert Louis Stevenson)'의 묘비가 있다는 에딘버러를 이번에도 시간 제약 때문에, 아쉽게도 방문하지 못하고 귀국길에 올랐다.

미국 연수생활 1

한국전력공사, 한국중공업을 거쳐 1979년 한국원자력기술주식회사에 입사했다. 한국원자력기술주식회사(KNE)는 한국원자력연구소와 미국 Burns&Roe사가 공동출자하여 1975년에 설립된 회사로 현 한국전력기술(KOPEC)의 전신이다.

한국원자력발전소 설계 국산화를 목표로 설립된 회사는 기술전수의 일환으로 1976년 6월에는 벨기에의 벨가톰 회사에, 1978년 12월에는 원자력발전소 설계의 세계 최고 수준인 미국 Bechtel사에 기술진을 파견하고 있었다.

입사 후 고리원자력발전소 3, 4호기 성능개선사업 프로젝트에 참여하고 있던 중 나는 미국 벡텔사로 파견을 명받고 기술전수

연수시절

연수길에 올랐다. 연수를 마치고 귀국해서 울진원자력 3, 4호기 설계 기술책임자 (APM-E)로 설계 자립화 사업에 참여할 수 있는 기회와 영광을 얻게 된 것에 대해 하나님께 감사드린다. 특히 당시 원자력발전소 설계 국산화, 자립 업무를 총괄 지휘하고 계셨고 선구자적 사명으로 새롭고 어려운 길을 개척해 주셨던 신 본부장님께 깊은 감사의 마음을 드린다.

지금으로부터 40년 전인 1981년 2월 이민 가방 하나를 들고, 가족의 배웅을 받으며 김포공항을 뒤로하고, 3년간의 기술전수(傳受) 목적으로 미국행 비행길에 올랐다. 이민(移民)은 아니지만 짧지 않은 미국 생활이니 이것저것 챙길 것이 많아 자연히 이민 가방이 필요했다. '이민 가방'이란 당시 미국으로 이민 가는 사람들이 주로 사용하던 가방으로 사람 하나가 들어앉아도 될 정도로 크고 투박한 검정색 일색의 아주 세련되지 못한 가방이었다.

이민 가방에는 몇 가지 의류와 책, 간단한 식기류, 김치, 밑반찬, 라면 등 가족이 도착할 때까지 2개월간 지낼 기본 생필품으로 채워졌다. 가족은(나의 경우는 아내와 두 아들) 2개월 후에 미국으로 합류하게 되어있었다. 나는 이 2개월 동안 가족과 함께 살 수 있는 주거지(아파트)를 마련하고, 운전면허도 따고, 자동차도 구입하고, 은행계좌도 개설하고, 침대와 가전제품, 가구 등도 마련해야 했다.

주거지는 도보로 아이의 등하교(登下校)가 가능한, 초등학교가 가까운 거리여야 했고, 주위 환경도 깨끗하고, 안전한 곳이어야 했는데 다행히도 먼저 와 있던 친구의 도움으로 어렵지 않게 아파트를 구했다.

아파트는 LA 다운타운에서 내륙 방향으로 자동차로 한 시간 거리인 Downey Newbill avenue에 있는, 앞에 조그마한 '샨가브리엘' 파크가 있는, 아름답고 조용한 곳에 위치하고 있었다.

나는 어린 시절부터 미국에 대한 많은 정보(?)를 얻고 있었고 또 친숙함을 느낄 수 있는 환경에 자주 접했기 때문에 미국 생활에도 별로 낯선 느낌을 갖고 있지 않던 중 "정말 내가 미국에 와 있구나." 하는 아주 조그만, 그러나 잔잔한 감동을 느끼게 하는 일을 경험했다.

3개월 후 아내와 함께 도착한 아들을 데리고 앞으로 다녀야 할 초등학교를 찾아가서 입학 절차를 문의하자 선생님은 절차는 후에 밟으라 하고 즉 절차를 먼저 요구하지 않고 아들을 데리고 학교 안으로 들어가 버렸다.

하루라도 공부를 시키려 하는 그 의도에는 수긍이 가면서도 한편으로는 영어 한마디도 못하고 마음의 준비도 시키지 못한 아들이 걱정되기도 했다. 하교 시간에 맞추어 걱정 속에 아들을 픽업하러 갔는데 의외로 아들은 공부하는 데 별 어려운 일이 없었고 재미있었다고 한다.

2학년으로 편입된 아이는 매일 방과 후 한 시간씩 영어 수업을 받았는데 한국에서 살다 이민 온 5학년의 화교(대만 출신) 학생이 수업을 도와주었다고 했다.

　6개월 정도 지나자 아무 어려움 없이 외국 아이들과 어울리는 영어 실력을 보고는 외국어의 조기 교육이 정말 중요하다는 생각이 들었다.

　일 년에 두 번 교사-학부모 회의체인 P.T.A(Parents and Teacher Association)에 참석해서 학생들의 수업도 참관하고, 학교 행정 전반에 대한 설명도 듣고, 학생들이 무대에 나와 합창노래를 하고, 그동안 각자 배운 악기로 합동연주하는 것을 관람하기도 했다.

　수업을 참관하면서 보는 교실의 모습이 매우 이채로웠다. 1980년 당시 한국에서는 한 반의 학생 수가 40~45명이었고, 사각형으로 모가 난 책상도 칠판을 향해 질서정연하게 배치되어 있는 모습이었다. 그에 반해 이곳은 우선 학생 수가 10~15명에다가 그것도 선생님이 2명이고, 책상은 한 방향으로가 아닌 소그룹 형태의 원탁 모습으로 배치되었고, 교과 수준도 학년으로 정해진 수준이 아니라 학생의 능력에 따라 상급 학년 교과과정을 공부하기도 했다.

　특히 학예회 발표 때 인상적이었던 것은 학생들에게 획일적 주문도 하지 않고 완전한 것도 요구하지 않는다는 점이었다. 악기도 학생이 각자 자기가 좋은 것을 선택했고 오케스트라의 형태를 취한 합동연주는 이 구석 저 구석에서 화음과는 거리가 먼 '제멋대로의 소리'를 내도 전혀 개의치 않았다. 음악 시간에도 획일적으로 똑같은 악기만을 배우지 않고 자기가 좋아하는 악기로, 자기가 좋아하는 곡을 스스로 배운다고 했다. 창의적 교육이란 어떤 것인지 어렴풋이나마 다가왔다. 귀국하기 전 인사차 교장실에 갔었는데 전에 담임선생님께 선물했던 한복 입은 예쁜 인형이 교장실에 전시가 되어 있었다.

'노르웍 한인감리교회'에 등록을 하고 한국에서 교회를 다니면서도 미뤄졌던 두 아이의 세례를 그곳에서 받고 3년간의 신앙생활을 계속했다.

견문을 넓히는 데는 여행만 한 것이 없다는 생각으로 고된 연수 생활 중에도 시간이 나는 대로 이곳저곳 빠지지 않고 여행을 많이도 다녔다.

당시 네비게이션은 없었지만 장거리 여행 시는 아내가 조수석에 앉아 지도(地圖)를 보아주며 필요에 따라 도로에 설치된 각종 안내판과 이정표를 읽으며 주위 상황을 알려주었기 때문에 나는 편안히 운전에만 신경 쓸 수 있었다.

한번은 2박 3일의 짧은 기간에 라스베이거스, 유타주의 솔트레이크시티, 그랜드캐년, 브라이스캐년, 와이오밍주 옐로스톤을 경유하여 로키산맥의 일부를 넘었다. '사우스다코다 러시모아마운

틴'에 있는 '4명의 대통령(링컨, 루즈벨트, 제퍼슨, 조지워싱턴)'을 알현하고 콜로라도주 덴버시를 통과하여 집으로 돌아오는 여정의 약 3,500Km의 거리를 강행하는 여행을 했는데 후에 이 말을 들은 미국인 친구는 자기 같으면 최소 일주일 정도는 걸릴 것이라며 몹시 놀라워했다.

로키산맥의 일부를 넘어갈 때 한가로이 풀을 뜯고 있는 버팔로(들소)들의 모습을 보니 중·고교 시절에 불렀던 미국 민요 〈언덕 위의 집(Home on the range)〉이 생각나고 멀리 보이는 사우스 다코다주 러시모아 마운틴의 아름다운 광경을 보니 영화 〈셴〉에서 말을 타고 떠나는 '아란랏드'의 모습이 떠오르기도 했다.

로키산맥에서 바라다 보이는 러시모아마운틴까지는 높은 구릉(邱陵) 하나 없는 광활한 평야지대를 4~5시간 차로 달려도 산(山) 하나 나타나지 않는다.

그야말로 빅컨츄리인데 왜 미국 사람들은 그리도 야박하고 극성스럽게 이민을 통제하나 하는 생각이 들기도 했으며 심성이 고운 우리나라 사람에게만이라도 완전 개방했으면 좋겠다는 좀 이기적인 생각을 해보았다.

미국 연수생활 2

　미국 벡텔(Bechtel)사로 파견된 나는 Y.G. 원자력발전소 계통설계 팀(System Design)으로 직접 투입되었다. 계통설계란 발전소의 물리적 기본계통 회로(回路)를 구성하고 있는 각종 구동기기(驅動機器)와 열교환기(熱交換器)들의 용량 및 필요 운전조건 등 기본사양(仕樣)들을 산출(算出)하여 이를 근거로 각 계통(系統)을 흐르는 유체(流體)인 스팀steam)과 물의 압력(壓力), 온도(溫度), 속도(速度), 유량(流量) 및 엔탈피(enthalpy)들을 계산해내는 작업이다. 이런 계산 결과치(結果値)들은 기계, 배관, 전기, 계측, 그리고 핵(核) 관련 계통·설계에 필요한 기본요소(parameter)들로 사용된다.

　원자력발전소 설계를 수행하기 위해서는 상당히 많은 수의 고급 기술인력이 필요할 뿐 아니라 이런 기술인력 양성에는 다른 어떤 분야보다 오랜 시간이 소요된다.

우리 기술진들이 벡텔에서 받은 교육은 학술과 이론에만 치우치던 기존의 기술 전수방식들에서 한 걸음 더 나아가 직접 원자력발전소 설계 업무에 투입·참여함으로써 경험을 통해서만 얻을 수 있는 유용한 기술 전수 방법인 OJT(On the Job Training)라는 새로운 형태의 교육으로 진행되었다.

업무를 수행하면서 기술을 전수받는 과정에서 전문용어들이 많이 사용되기 때문에 소통의 어려움은 크게 없었으나 각종 문서 작성 시 영문 문서(文書) 형식이 생소하고 한국에서 사용하던 길이, 무게, 온도, 열량 등 기본 단위들이 피트(Ft), 파운드(LB), 화씨(°F), 비티유파운드 (Btu/LB) 등으로 바뀐 데 따르는 이질감에 다소 어려움을 느꼈다.

한국은 미터-킬로그램 단위를, 미국은 피트-파운드 단위를 사용하기 때문이다. 결재과정은 검토자(checker), GL(group leader), GS(Group supervisor) 그리고 최고승인자(chief)로 이루어지는 좀 다단계를 거치는 듯했으나 결재 소요시간은 예상외로 신속했다.

원자력발전소 설계 시 최우선 고려사항은 무엇보다도 안전성이다. 우리나라 원자력 발전 분야는 처음부터 끝까지 미국 안전 및 규제를 담당하는 미국 원자력 규제위원회(National Regulatory Commission NRC)의 규정을 철저히 준수하고 있으며 특히 안전성분석에 많은 인력과 시간(man-power)을 투입하여 설계 초기단계 에서부터 끝날 때까지 사전안전성분석보고서(Preliminary Safety Analysis Report)와 최종안전성분석보고서(Final Safety Analysis Report), 지진분석(Siesmic Analysis), 홍수분석(Flooding Analysis), 비산물분석(Missile Analysis), 응력분석(Stress Analysis) 등 안전과 관련된 수많은 분석작업을 수행하고 있으며 기타 안전 관련 모 든 업무에도 빈틈없이 철저한 노력을 경주하고 있다.

따라서 원자력발전소 하면 비과학적이라 할 만큼 일반적, 피상 적으로 따라다니는 안전성에 관한 염려는 전혀 안 해도 된다고 생각한다.

또한 복잡한 각종 건설과정을 수천 종류로 세밀하게 분류하여 중첩되지 않고, 상호간섭(Interferance)도 없이 동시다발적으로 건 설공정이 가능하도록 한다. 선행작업이 완료되기를 기다리는 시 간적 낭비가 없이 효율적 공정이 이루어질 수 있도록 연관적 배 열과 그 작업에 따르는 각각의 인력, 자금 배분 흐름을 정확하게 계획하고 있는 비용계획 문서(Coast & Schedule)들과 수많은 설계 도면 그리고 3-demansion 컴퓨터 확인 프로그램 등은 그 분량 과 정밀성에 있어서도 다른 어떤 플랜트 건설계획에서는 볼 수 없을 정도로 건설 경제성 면에도 크게 기여한다.

원자력발전소 종합설계뿐 아니라 원자로(原子爐), 터빈발전기, 핵연료 등 각종 원자력 발전설비의 설계와 제작능력, 건설시공능력, 안전성, 이용률(利用率) 발전소 운영능력 등 어느 것 하나 빠지지 않고 세계에서 최정상급으로 인정을 받고 있는 우리나라 원자력 발전기술이 사장(死藏)되고, 무너지고, 소멸되지는 않을까 하는, 작금의 사태에 미미하게나마 원자력발전 설계 업무에 관여했던 한 사람으로서 심히 우려스러운 마음을 금할 길이 없다.

중요하다고 생각되는 문서를 카피(Copy)하여 가지고 나오거나 한 가지 기술이라도 더 습득하려고 애를 썼던 옛일들이 회상된다.

내가 속한 계통설계 그룹 중에는 3명의 엘리트 중국 출신이 있었는데 같은 동양인이라는 점에서 친밀감이 느껴져서인지 나는 여러 번 집으로 초대를 받기도 했다.

그런데 신기하게 느꼈던 점은 40여 년 전에 벌써 중국인들은 여자들을 대신해서 남자들이 앞치마를 두르고 직접 요리를 한다는 것이고 그것도 일회성이 아닌 것이 요리솜씨도 일품이었다. 또 한 가지 흥미로웠던 점은 만리장성, 제갈공명 등과 같은 유명한 고유명사들을 한국말로 비음(鼻音)을 섞어서 영어식으로 혀를 많이 굴려 말하면 알아듣는다는 것이었다.

아마도 그런 고유명사들은 한국으로 전파되는 과정에서 발음이 조금씩만 변한 것이 아닌가 하는 생각이 들었다.

당시 한국의 시대상 일면을 볼 수 있는 조그마한 사건이 발생했다. 연수기간이 만료된 기술진 한 명이 귀국을 하지 않고 잠적해 버린 것이다. 그 직원 나름대로 피치 못할 사정이 있었는지는 알 수 없으나 미국에서 잠적하는 것은 어느 모로 보아도 당시 후진국이던 한국보다는 미국이 선망의 대상이었고 미국을 갈 수 있는 기회가 흔치 않았던 것이 이유였지 않을까 생각이 든다.

서울 본사에서는 물론 그 직원의 보증을 섰던 큰아버님 댁에서도 한바탕 소동이 벌어졌다고 했다. 당시 국영, 또는 국가 재투자 기관에서 해외연수를 받은 사람들은 귀국 후 연수기간의 2배 동안 이직을 하지 않고 회사에 근무해야 하고 이를 위반할 경우 계약자는 회사에서 연수에 투자된 총비용의 2배를 위약금으로 지불해야 했다. 만약 계약자가 이를 지키지 않을 경우는 보증인이 대신 위약금을 지불해야 한다는 내용의 계약서를 작성해야 했는데 들려오는 이야기에 의하면 이 친구의 보증을 섰던 큰아버님은 위약금 배상을 위해 집까지 처분했다고 한다.

지금 같으면 갑질계약이라 하여 엄청난 비난을 받을 것이다. 지금으로부터 40여 년 전인 1981년 이방인의 눈에 비친 미국의 모습은 생소한 것 투성이었다. 지금은 모든 것이 한국에도 보편적인 것이기 때문에 나조차도 그때의 그것이 생소했었나 하고 생각되기도 한다.

하루는 마트에 쌓인 생수병이 유독 눈에 띄었다. 세상에, 물을 다 팔아먹다니…. 이미 오래전에 대동강 물을 팔아먹는 아이디어를 냈던 봉이 김선달은 선견지명이 있는 선각자였을까?

늦은 밤에 담벼락에서 돈을 꺼내는 마술 같은 모습도 신기했다. 자세히 보니 ATM(Automatic Teller Machine)이라는 (금전) 자동인출기라는 기계였다. 자동차를 타고 앉아 있으면 차가 세척되는 자동세차기도 신기하였으며, 자동차를 타고 지나가면서도 집 찾기가 쉽도록 한 집주소 배열 방법과 집주소가 도로 연석(curb)에 새겨져 있는 것도 신기했다.

지금은 한국에서도 보편화된 이런 모든 것들도 40년 전 한국인에게는 생소하게 보였었다.

인근에서는 제법 컸던 마트에 들렀을 때 한국 마크가 표시된 제품은 눈을 씻고 보아도 찾을 수 없다가 대만 제품과 함께 진열된 한국 제품의 낚싯대를 보았을 때는 그렇게 반가울 수가 없었다. 물론 내가 살던 지역은 한국인이 거의 살지 않는 지역이었기 때문일 수도 있다.

당시 LA는 미국 서부 관문인 동시에 주변에 관광지가 많아 본국에서 많은 인사들이 방문하곤 했는데 미국 방문이 그리 쉽지 않은 때문에서인지 한번은 한국의 고위층에 계신 분이 전화로 한국인도 아닌 일본분 일행의 안내를 부탁해서 주말 동안 디즈니랜드, 헐리우드, 유니버설 스타디오, 비버리힐스 등을 안내하고 당시 세계적인 일본인 첨단 전자기기였던 '워크맨(Walkman)'을 답례로 받기도 했다.

하루가 다르게 급변하는 시대인 것을 감안하면 그야말로 호랑이가 담배를 피우던 옛날의 일이다.

옐로스톤 국립공원에서

인종차별(?)

집이 있는 다우니시(Dawny)에서 내륙 방향(아리조나 방향)으로 3시간 정도의 거리에 있는 공원으로 피크닉을 갔을 때의 일이다. 아직 어린 둘째 아들이 넘어지며 미끄럼틀 끝부분에 부딪혀서 이마가 찢어져 많은 피가 흐르자 공원의 의료 담당 관리원이 의료함을 들고 와서 익숙하게 응급처치를 해준 후 빨리 병원으로 가보라는 말과 함께 명함을 건네주면서 시(市)를 상대로 손해배상을 청구하고 싶으면 도와줄 테니 연락을 하라고 했다.

그 순간, 공원관리실 직원이 시를 상대로 손해배상을 청구하라니, 이런 나라가 다 있나 싶은 생각이 들었다. 우리나라 같으면 그런 직원은 십중팔구 큰 불이익을 받게 될 것이다.

　뒷좌석에서는 피가 흘러나오는 상처를 꾹 눌러 지혈을 하는 가운데 나는 비상라이트를 켜고 집을 향해 전속력으로 달리기 시작했다. 한 10여 분 달렸을까, 경찰차가 속도위반을 하고 있는 내 차를 따라붙으며 정지하라고 계속 경고 방송을 했으나 내가 비상라이트를 깜박이며 계속 달리자 경찰차가 옆으로 바짝 붙었다. 내가 가리키는 뒷좌석을 보더니 상황을 이해했는지 내 차 앞으로 들어서서 사이렌 소리와 경고등을 번쩍이며 내 차를 에스코트하기 시작했다. 마치 보트가 달릴 때 물결이 양쪽으로 쫙 갈라지듯 앞에서 달리던 차들이 신속히 비키면서 길을 확보해줬다. 길에서 이런 경우를 만나면 피해준 경험은 있었지만 차들이 비켜주는 길을 미국 경찰차의 에스코트를 받으며 내가 질주하리라고는 꿈에도 상상을 못 했고 너무나 큰 감동을 받았다.

　30~40분 후 우회전 신호를 주면서 도로를 빠져나가는 경찰차를 따라 병원에 도착하니 사전에 통보를 받았는지 대기하고 있던 의료진이 입원절차나 수납절차 같은 것들은 요구도 하지 않고 아들을 환자용 침대에 눕히고 수술실로 사라졌다. 인명을 우선시하는 느낌을 강하게 받았다.

　경황 중에 인사도 못 하는 사이 경찰이 저만큼 사라지자 나는 달려가는 차를 향해 꾸벅 감사의 인사를 했다. 한 30분 지났을까, 치료를 끝내고 아들을 데리고 나온 의료진은 아들이 마취도 안 하고 상처를 꿰매는데도 울지를 않았다고 굿보이(good boy)를 연발하며 초기 응급조치(사고 공원에서 처치한)가 훌륭했다는 말을 했다. 집에 와서 아들의 상의를 벗기려 하니 피에 엉겨 붙어 벗기기가 힘들었다. 경찰에게서도 병원 측에서도 나는 황색 소수민족으로서의 인종차별은 전혀 느끼지 못했고 오히려 인명을 중시하는 듯한 모습에 깊은 감명을 받았다.

라스베이거스

"라스베이거스에서 일어난 일은 라스베이거스에서 머문다(What happens in Vagas, stays in Vagas)."

어떤 일을 벌이건 당신의 비밀은 지켜진다는 의미로 유흥과 환락의 도시 '라스베이거스'의 선전홍보에 많이 사용되는 말이다

'네바다주' 남동부 사막에 세워진 세계적인 환락의 도시 '라스베이거스'! 이곳에 철도회사가 설립된 1910년경엔 인구가 1,000명 정도였는데 1940년 '후버'댐 이 완성될 때는 인구가 약 10만 명으로 늘어났고 이에 따라 인부들을 위한 카지노가 번성하게

되었다. 이후 유흥산업이 발전되어 이제는 호화스런 호텔과 카지노, 상상을 초월하는 호화쇼, 세계적인 레스토랑, 명품관과 아울렛이 공존하는 쇼핑몰, 그리고 화려한 네온사인이 불야성을 이루는, 세계적인 환락의 도시요, 종합 엔터테인먼트 도시가 되어 연간 4,000만 명의 관광객들이 방문하는 관광지가 되었다.

인근에 있는 데스벨리, 자이어캐넌, 그랜드캐넌 등 풍부한 관광지와 연계되는 관광의 모기지 역할도 하고 있다.

이곳은 합법적으로 큰 도박을 할 수 있는 도시다. 합법적 도박? 사람들이란 때때로 묘한 논리를 잘 만들어내서 자기합리화를 시도한다. 다음은 김웅 검사가 쓴 책 『검사내전』에 나오는 이야기다.

산속에서 도박을 하다가 잡혀 온 그 방면에서는 만만치 않은 박 여사와 초임 검사와의 대화다.

박 여사: 왜 죄 없는 사람을 잡아 와요?

검사: 도박이 죄가 되는 줄 모릅니까?

박 여사: 내 돈 갖고 내가 노는데 왜 죄가 되나요?

검사: 죄가 아니면 왜 도망을 갔나요?

박 여사: 그럼 전두환 정권 때 경찰을 피해 도망친 사람은 모두 죄가 있나요?

검사: 경찰이 잡으러 오니까 피한 거지요.

박 여사: 나도 경찰이 잡으러 와서 피한 거예요.

검사: 하여간 불로소득은 죄가 되는 거예요.

박 여사: 나는 돈을 따지 못했으니 불로소득도 아니네요. 그
　　　　리고 주식하는 놈, 경마하는 놈들은 왜 안 잡아가
　　　　요? 모두 불로소득하는 놈들인데.

검사: 경마와 주식은 합법적입니다.

합법적 범죄!

똑같은 행위라도 들이대는 잣대에 따라 유죄가 되기도 하고 무죄가 되기도 한다. 산속에서 몰래 몇백만 원짜리 고스톱 치는 것은 죄가 되고 이곳 라스베이거스에서 수억짜리 도박을 하는 것은 무죄다. 사실, 우리가 곰곰이 생각해 보면 만물의 영장(靈長)이라 스스로 칭하고 있는 고등동물의 신묘하고 신통방통(神通房通)한 이현령비현령 논리는 정말 어떤 것이 정의인지 복잡하고 아리송하게 만들 때가 많다.

만물의 영장이란(靈長) 어쩌면 동물들보다 별로 우월하지 못하다는 것을 간파한 인간들이 지능이란 약간 앞선 무기를 내세워 자신들의 약점을 숨기기 위해 스스로 만들어낸 자기만족 명칭은 아닌가 의심이 들기도 한다.

정의가 무엇인지 설명하기 위해 어떤 외국의 석학은 『정의란 무엇인가?』라는 책을 써서 정의를 복잡하게 만든다.

내 참새 머리 같은 소견(所見)에는 법을 복잡하게 만들어 기묘

하게 해석할 수 있는 여지가 있을수록 이득을 보는 집단은 변호
사 집단인 것 같고 변호사가 많으면 많을수록 정의롭지 않은 사
회라는 소갈머리 없는(?) 생각을 해볼 때가 꽤나 있다.

어쨌거나 관광 목적으로 LA를 방문하는 대부분의 사람들은
LA를 관광한 다음 라스베이거스로 향한다. LA에서 라스베이거
스까지는 자동차로 4~5시간이 걸리는 꽤 먼 거리로 모하비 사막
을 반드시 통과해야만 한다.

모하비 사막은 사하라 사막같이 모래로만 덮인 사막이 아니고
사막에서만 볼 수 있는 30~50cm 정도의 작은 관목으로 덮혀 있
는, 몇백 년 후에는 옥토로 변할지도 모른다는 희망을 예고하는
듯한 사막이다.

초여름에서 초가을까지는 한낮의 온도가 40~50°C까지 상승하
므로, 보통은 해가 진 후 통과하는 것이 바람직하다.

한번은 LA 공항에서 귀한 손님(VIP)을 태우고 모하비 사막을
저녁 시간에 통과하여 그분을 호텔로 모신 후 잠시 휴식을 취한
다음 곧 LA로 차를 몰았다. 새벽 3시쯤 출발해서 사막을 통과
할 계획이었는데 출발 2시간 후에 차가 사막 한복판에서 정지해
버렸다. 차가 서버렸으니 에어콘도 틀 수 없었고 만약 적절한
해결책을 강구하지 못하고 한낮에도 이곳에 머물게 된다면 경우
위태로울 수도 있었다.

자동차는 출고된 지 12년이 된 8기통인 1970년형 캐딜락으로

장거리 여행이라 출발 전 정비소에서 종합 점검을 받았는데도 사막 한복판에서 덜커덕 서버린 것이다.

이 고물 자동차를 구입한 배경에는 사연이 좀 있다. 미국에 도착하자마자 구입한 차는 출고된 지 2년밖에 안 되는 1979년형 '선더버드'였다. 구입한 지 2년이 지난 어느 날 LA 다운타운 컨벤션센터 주차장에서 역시 주차를 하려고 하던 대형 '벤(Van)'이 천천히 박아버리는 바람에 내 차가 반은 부서졌다. 차에서 내린 120kg 정도로 보이는 거구 흑인 운전사는 미안하다는 말을 연발했고, 내가 연락한 보험사 직원은 흑인 운전사와 통화한 후 상대방이 잘못을 인정했는지 현장에는 와보지도 않고 부서진 내 차를 내가 편리한 정비소에 맡기고 연락을 주신다면 해결해 주겠다고 했다.

며칠 후 보험사로부터 "자동차 파손이 심해 수리비용이 많이 드니 나에게 2,000달러를 지급하고 내 차는 보험사가 가지고 가면 어떻겠느냐?"라 는 제안이 왔다. 나는 이 제안을 받아들였다. 2,000달러에 구입해서 2년 반 가량을 사용하고 2,000달러를 받는다는 것은 남는 장사였다.

그 후 1,000달러를 주고 이 캐딜락을 구입했는데 싼 것이 비지떡이었나 그곳에서 꼼짝 않고 나를 골탕 먹이고 있던 것이다. 히치하이킹(차를 공짜로 얻어타는)을 하는 수 말고는 다른 수단은 없다.

영화에서는 히치하이킹을 쉽게 하는 모습을 간혹 보지만 그게 그리 만만한 게 아니다. 사막 한복판에서 지나가는 차에 계속 손을 흔들고 신호를 해대도 세워주는 차는 하나도 없고 시간은 계속 흘러갔다. 차를 세워줄 확률이 거의 없다는 것을 나중에야 알았다.

돈을 딴 사람들은 호텔에서 느긋한 시간을 즐기고 있고 일요일 새벽, 그 시간 그곳을 지나는 사람들은 십중팔구 돈을 탈탈 털린 사람들이라 차를 세워줄 여유가 없는 사람들이라는 것이다.

차를 세우려고 애쓰기를 약 2시간, 아침 7시쯤 끼익 소리를 내며 차를 세워서 나를 태워준 구세주들은 맥시칸이었고 소수민족끼리의 동질감을 느꼈는지 매우 친절하게 나를 첫 마을 정비소까지 데려다주고 갔다.

사람은 평상시보다는 항상 어려움에 처해 있을 때 받는 도움에 더 고마움을 느끼는 법이다. 위기에 처한 나에게 도움을 주었던 그때의 맥시칸에게 지금도 고맙게 생각한다.

정비소에서 제공해주는 차로 집에 도착했다. 며칠 후 입이 딱 벌어지는 자동차 수리비 청구서를 받았다. 나는 두 가지를 깨달았다. 싼 것은 싼값을 하고 비싼 것은 비싼 값을 한다는 것이 하나이고, 또 한 가지는 라스베이거스에 가서는 라스베이거스에 합당한 만큼의 값을 지불해야만 한다는 것이다.

만물의 영장들이 돈을 쓰고 가라고 만들어 놓은 라스베이거스에서 돈을 쓰지 않고 오다가 그만큼의 돈을 날린 것이다.

샌디애고 동물원 앞에서

4장

황혼의 단상(斷想)

황혼에도 열정적인 사랑을 나누었던 '괴테'는, 노인의
삶을 건강과 돈, 일과 친구, 그리고 꿈을 잃게 되는 상
실의 삶이라고 말하고, 이런 노년이 되지 않도록 준비
를 하면 황혼도 풍요로울 수 있다고 말했으며 특히 꿈
을 잃지 않기 위해서는 신앙생활과 명상의 시간을 가
져야 한다고 말했다.

스토리텔링(Story telling)

'멍 때리다'의 사전적 의미는 '아무 생각 없이 멍하게 있다'라는 뜻이다.

미국 어느 회사에서는 출근해서 하루종일 멍 때리며 창밖만 바라보고 앉아 있다가 퇴근하면서 고액의 연봉을 받는 최고 경영자(CEO)가 있다고 한다. 그런데 이 멍 때리고 있는 CEO가 실상은 그냥 멍하니 앉아 있는 것이 아니고 어떤 사물, 어떤 행사 등 회사와 관련된 모든 일에 이야깃거리를 만들어내는, 소위 스토리텔링(Storytelling)을 연구하고 있는 것이라고 한다.

이제는 이야기를 가지고 있는 기업이나 제품이 최후 승자가 되는 시대이며 세계에는 이미 한발 앞서 스토리텔링의 덕을 보는,

시쳇말로 먹고사는 유명한 곳이 많이 있다.

센(세느)강의 유람선

프랑스 센강의 유람선 승선은 세계 제일의 관광 코스요 모든 사람들의 버킷리스트 상위에 올라있을 정도로 선망의 대상이다.

좁은 강폭과 탁류, 그리고 시원치 않은 주위 경관, 시설도 별로인 유람선인데도 불구하고(40여 년 전 당시) 그렇게 많은 관광객들이 밀려드는 이유는 무엇이었을까?

스토리텔링의 힘 때문이라고 생각한다. 센강의 유람선만큼 한 단위(one unit)관광 상품에 그렇게 많은 이야기가 있는 곳은 없을 것이다. 그곳에는 무궁무진한 이야기가 있다.

일단 바토-무슈라 불리는 유람선에 승선을 하면 금발의 멋진 관광 안내원이, 우리나라 무성영화 시대의 변사(辯士)같이 쉴새 없이 이야기 썰을 풀어낸다. 시테섬을 지날 때 보이는 노틀담 성당에 관한 이야기에는 우리에게도 잘 알려진 안소니 퀸, 지나 롤로브리지다가 주연한 영화 〈노틀담의 꼽추〉가 등장하고, 오르세 미술관을 지날 때는, 미술관이 탄생된 경위와 밀레의 〈만종〉이 소장되게 된 이야기, 그밖에 주위에 있는 에펠탑에 관한 이야기, 루브르박물관에 관한 이야기, 에펠탑을 조금 지나면 나타나는 자유의여신상 등의 이야기들을 역사적 사실과 함께 재미있는 일화를 섞어 가며 소개한다.

센강에는 미국의 독립 100주년을 기념해서 프랑스가 기증하여 지금 뉴욕 앞에 서 있는 자유의여신상과 똑같은 (크기는 작지만) 자유의 여신상이 있다. 센강의 유람선에는 많은 스토리텔링이 있고 이 스토리텔링의 힘이 많은 관광객을 불러들이고 있는 것이다.

덴마크 인어공주상

덴마크의 인어공주상을 보러 전 세계로부터 많은 관광객들이 몰려든다. 그런데 막상 인어공주상을 보게 되는 순간 "기대가 크면 실망도 크다."라고 한 말을 떠올리게 된다.

1990년도 헬싱키로 출장을 가는 길에 코펜하겐을 들러 물어물어 찾아간 인어공주상이 있는 곳은 관광지로 개발된 곳도 아니었고, 이정표도 제대로 되어 있지도 않았고, 공주상이 너무 작아 (80cm라고 함) 근처에 두고도 몇 번을 왔다갔다하며 겨우 찾아낼 수 있는 그런 한적한 곳이었다.

관광안내소나 기념품 가게나 심지어 어떤 표시판 하나도 없고 그냥 방치되어 있다고나 할까? 그런데도 왜 그렇게 많은 관광객들이 몰려들까?

어렸을 적에 우리 마음을 감동시켰던 성냥팔이 소녀의 작가 안데르센이 만들어낸 이야기 때문이다.

핀란드 산타클로스

산타마을(Santa claus village)!

스토리텔링의 힘을 가장 잘 이용하고 활용하는 곳이 필란드 북부 '로바니에미'에 있는 산타마을이다. 허구인 산타클로스라는 인물을 만들어 전 세계 어린이들을 감동시키고 어른들을 움직여, 크리스마스 선물을 나누어주는 산타클로스 이야기는 스토리텔링 중의 백미다.

교통도 편리하지 않은 핀란드 최북단의 '로바니에미'에 있는 인구 6만 명의 작은 산타마을은 한해 평균 100만 명의 관광객이 방문하여 연간 12억 불(한화 1조 2,000억 원, 2013년 기준)의 매출을 올린다고 한다. 이야기의 역할은 이렇게나 크다.

네덜랜드의 한스브링커 소년

네덜란드는 잘 알려진 바와 같이 육지면이 바다면보다 낮은 나라다.

어느 날 저녁 '한스브링커'라는 소년이 뚝방길을 걷다가 뚝방에서 물이 새는 것을 보고 밤새도록 팔뚝으로 막았다. 결국 추위 때문에 죽은 모습으로 발견되었고 이 소년은 네덜란드의 가장 사랑받는 소년이 됐다는 이야기가 있다.

이 내용은 사실이 아니고 미국의 한 동화작가가 지어낸 이야기로 뉴욕의 어느 동화잡지에 수록된 내용이라고 한다.

그런데 이 이야기가 아주 많은 나라로 전파되어 사실인 것처럼 알려져서 네덜란드를 방문하는 관광객들 중 이 한스브링커 소년의 이야기 현장이 어디냐고 문의를 하는 사람이 많아지자 암스테르담시에서 피동적으로 허구의 한스브링커 동상과 허구의 고향을 만들어 지금은 그곳에 많은 관광객들이 모여드는 관광지가 되었단다.

뉴욕의 한 아동 동화작가가 차린 밥상에 네덜란드가 숟가락 하나 들고 끼어든 격이다.

미국 타라 농장—『바람과 함께 사라지다』의 현장

미국의 대표적 문학작품의 하나인 마거릿 미첼의 『바람과 함께 사라지다』는 세계적으로 많이 읽혀진 소설로 영화로도 제작되어 널리 알려져 있다.

여자 주인공인 스칼렛 오하라는 아버지로부터 물려받은 조지아주(Georgia) 타라(Tara) 농장을 운영하면서 자기를 진정으로 사랑하는 버틀러를 받아들이지 않고 다른 사람을 사랑하다가 나중에야 버틀러를 찾는다. 그러나 때는 늦었다. 그리고 그 유명한 말을 남긴다.

"모든 것을 내일 생각하기로 하자. 그를 되찾는 방법도 내일 생각하기로 하자. 내일은 내일의 새로운 태양이 뜰 테니까."

클라크 게이블과 비비안 리가 주연한 영화로도 잘 알려진 이 소설에 나오는 '타라 농장'은 어떤 모델도 없는 소설 속의 허구로 존재하는 농장이다. 그런데도 조지아주 애틀랜타 공항에 도착한 사람들 중 외국에서 온 방문객의 일부가 택시를 잡아탄 후 존재하지도 않는 스칼렛의 '타라 농장'으로 가자고 하여 택시 기사를 당황시킨다는 것이다.

스토리텔링의 힘은 이만큼 큰 것이다.

덴마크 코펜하겐에 있는 세계 최대의 미래학연구소 소장을 역임하고 현재 '유럽미래학교' 자문위원인 롤프 옌센은 그의 저서 『드림소사이어티(dream society)』에서 "이제는 정보력보다 상상력(想像力)이 생산력인 사회다."라고 말하며 "상상력이란 곧 이야기를 만들어 내는 힘이고 이제는 이야기가 있는 상품이라야 수요자의 흥미를 유발시킨다."라고 말했다.

한국의 연오랑과 세오녀

이제는 기술의 발달로 대부분의 상품은 성능상 별 차이가 없다고 한다. 따라서 앞으로는 상품이 가지고 있는 이야기가 승부를 가르게 될 것이라고 본다. 상상을 해보자. 한 회사 냉장고에 삼국유사에 나오는 「연오랑과 세오녀」 이야기를 붙여본다. 판매원이 이렇게 말했다고 가정을 해보자.

"어느 날 연오랑이 해초를 따기 위해, 해초를 따서 넣어둘 작은 냉장고를 가지고 해변가 바위에 오르자 갑자기 바위가 둥둥 떠내려 가더니 일본땅에 다다랐습니다. 그런데 이상한 상자(냉장고)

를 발견한 일본 사람이 고기를 잡아 거기에 넣었다가 며칠 후에 꺼내 보니 아직도 신선했습니다. 이에 일본 사람은 이런 진귀한 물건을 가지고 있는 사람은 하늘이 보낸 사람이 틀림없다고 생각하고 연오랑을 일본의 왕으로 삼았습니다. 이때 연오랑이 가지고 갔던 냉장고가 우리 회사의 이 A냉장고입니다."

스토리텔링이 없는 다른 회사의 냉장고보다 많이 팔리지 않을까? 삼국유사에 나오는 「연오랑과 세오녀」의 이야기를 각색해서 억지로 한번 만들어 낸 이야기지만 멍 때리는 CEO는 멍 때리며 앉아서 이런 이야기를 만들어 내면 되는 것이다.

스토리텔링은 합리적, 이론적 논문이 아니고 허구의 재미있는 이야기이기 때문에 스토리텔링 담당자는 궤변을 잘 늘어놓는 사람이 적임자일 듯싶다. 범죄 혐의자가 자기 컴퓨터를 빼돌려 감추자 "증거를 없애려고 한 것이 아니고 증거를 보존하기 위함이다."라는 기가 막힌 창의적인 궤변을 만들어 낸 모 유명인사 같은 분이 대표적 적임자의 표상(表象)일 수 있다.

스토리텔링은 제품이나 상품이나 어떤 행사의 이미지뿐 아니라 관광사업에도 좋은 레시피가 될 수 있을 것이다. 우리나라에서는 스토리텔링 자료가 될 만한 소재가 너무나 많다.

'억울하게 죽어간 단종', '뗏목에 떠내려간 남편을 기다리는 정선의 아우라지 여인', '소경인 아버지의 눈을 뜨게 하기 위해 공양미 삼백 석에 몸을 팔고 인당수에 퐁당 뛰어든 심청이' 등 이루다 헤아리기 어렵다.

심청이가 뛰어내린 인당수는 이북에 있는 장산곶(황해도) 앞바다라 하니 어찌해 볼 도리가 없고, 대신 배를 탄 곳은 강화도로 정하고 인당수라 추정되는 곳에 호텔과 유흥시설이 들어선 세계 최대의 해상 건물을 만들어 놓고, 바닷속에는 용왕과 심봉사가 같이 있던 왕궁도 만들어 놓고, 한복에 족두리를 쓴 효녀 심청이와 백년가약(百年佳約)을 맺어보는 등의 체험 프로그램을 개발하여 강화도에 세계 최대의 심청이 관광 마을을 만들어보는 것은 어떨까?

회사만 멍 때리는 CEO를 둘 것이 아니라 이왕지사 공무원 수를 늘릴 기회가 오면 정부도, 지자체 장도 멍 때리는 공무원 제도를 한 번 고려해 보는 것도 나쁘지 않을 것이라는 멍 때리는 사람의 제안이다.

금연(禁煙)

고속버스터미널 호남선 매표소 입구 우측에는 흡연실이 있어 항상 흡연자들로 만원일 때는 흡연실 밖에서 담배를 피우는 젊은이들이 꽤 있다. 30대 초반의 여성이 담배를 피우다 나와 눈이 마주치자 담배를 등 뒤로 숨기며 무슨 큰 죄라도 지은 양 어색한 모습을 보인다. 이를 목격한 순간 내가 더 어색해하며 눈길을 피했다.

어떤 사회든 그 사회에서 환영받지 못하는 관습이 있는 법이고 유교 전통국가인 우리나라에서는 특히 여성의 흡연이 쉽사리 받아들여지지 않는 분위기다. 그러나 담배를 피우는 것이 자랑스러운 일은 못 된다 하더라도 담배를 피우는 것이 죄짓는 일은 아니라고 생각한다. 흡연을 하다가 등 뒤로 담배를 숨기는 모습이 안타깝다.

오랫동안 참고 있다가 담배 한 모금 깊숙이 빨아들일 때의 그 행복감은 피워보지 못한 사람은 전혀 이해할 수가 없다. 담배를 끊은 지 20여 년이 지났지만 한때는 담배가 너무 피고 싶어 혼이 난 적이 있었다.

1980년대 중반, 독일 프랑크푸르트에 있는 '지맨스(Siemans)'사를 방문하고 프랑스 파리에 있는 '프라마톰'사를 거쳐 미국 LA 북쪽에 위치한 디아브러캐년 원자력발전소를 방문하는 긴 출장 길에서 경험했던 일이다.

파리 드골 공항에서 미국 LA행 비행기를 타려고 출국심사대를 통과하다가 일이 발생했다. 함께 동행하는 동료와 출국심사관 사이에 소통 문제로 약간의 시끄러운 문제가 발생했고 급기야 동료가 취조실 비슷한 곳으로 끌려가 철저한 신체검사를 받는 일까지 벌어진 것이다. 분위기가 심상치 않았다.

전날 저녁, 독일에서 TV를 통해 영국에 테러가 발생했다는 뉴스를 들은 적이 있었다. 영국 런던에서 테러가 발생하여 수십 명의 인명피해가 있었고, 범인은 동양인이고, 파리로 도주하였으며, 파리에서 제3국으로의 도주가 예상된다는 내용이었다. 코만 큰 그들의 눈에는 동양인으로 보여서 미국으로 출발하려 하는 우리가 의심스러웠던 모양이다.

무사하기만을 기다리고 있는 내 마음은 조바심이 났다. 이번 비행기를 타야 LA 공항에서 환승하기로 되어 있는 디아블로캐년(Diabro Canyon)행 비행기를 탑승할 수 있기 때문이다.

평소 같으면 그냥 넘길 수 있는 일인 것 같은데 공항 경비가 강화된 것이고, 여러 종류의 조사를 받은 후 겨우 예약된 항공기에 탑승할 수 있었다. 안정이 되자 담배 생각이 간절했다. 반나절 동안 담배를 피지 못하고 있으면서 "드골 공항에 가서 피워야지." 하다가 공항에서도 그 소동 때문에 피지를 못하고 탑승한 것이다.

비행기가 적정 고도를 유지하고 안전하게 날기 시작하자 비행기 후미, 화장실 있는 곳이면서 스튜어디스들이 휴식을 하기도 하는 공간으로 가서 담배를 꺼내 물자 금연구역이라고 스튜어디스가 말했다(1970년대까지는 기내이지만 이곳에서 흡연이 허용되었다).

"이제는 10여 시간 후 LA 공항에 도착해서야 피울 수 있겠네." 라고 생각하며 좌석으로 복귀했다.

LA 공항에 저녁 8시경에 도착하여 환승할 비행기 터미널을 찾는데 상당한 시간을 허비하느라 담배를 또 피지 못했다. 비는 줄기차게 내리고 칠흑 같은 어둠 속에서 우리를 기다리고 있는 비행기는 전혀 상상하지도 못했던 프로펠라 추진의 12인승 꼬마 비행기였기에 전용 브릿지도 없고 활주로로 직접 가서 탑승을 해야 했다. 터미널을 찾느라 허둥대는 바람에 담배도 피지 못한 채 또 탑승을 했으니 이제는 다이브로 공항에 도착해서 피는 수밖에 없게 되었다.

비행기 조종석과 승객석 사이를 커튼으로만 분리한 소형 비행기는 우리 두 사람 외에 3명을 더 태운 채 출발했다. 이륙한 지 30분 정도 지났을까 갑자기 기체가 흔들리기 시작하더니 시간이 흐를수록 점점 심해져 상하좌우 가리지 않고, 마치 바람이 몹시 부는 날 날고 있는 꼬리 연(鳶)이 흔들리듯 요동을 치고, 칠흑 같은 어둠 속에 내리는 강한 빗줄기는 창문에 부딪치고 우르르 꽝 하는 천둥 소리와 함께 번개도 한몫을 거들었다.

조금 상승하는가 하더니 부르르 몸을 한 번 떨고는 갑자기 한없는 추락을 하다가 다시 급상승하고 또 떨어지고, 정신 차리기 힘든 상태에서 "이제는 죽는구나." 하면서도 잡아본들 소용이 없는 앞 좌석을 잡은 손에 힘만 더해갔다. 승객들 모두 죽음을 예감하는 듯했다.

기어이 "하나님 살려주세요." 하는 기도가 튀어나오고 급해지자 "아이구, 하나님." 하는 짧은 한마디로 바꼈다.

각종 몸의 장기(臟器)들이 제자리를 찾아 들어갈 수 있을까 하는 의심이 들 만큼의 큰 소용돌이 끝에 비행기는 한 시간 정도 후에 한 시골 작은 마을 공항에 도착했고 담배를 필 시간도 없이 우리를 기다리고 있던 대기 중인 셔틀버스에 탔다.

호텔에 도착해서 체크인하는 동안 긴 안도의 한숨을 쉬며 담배를 뽑아 물었다. 얼마나 담배가 피고 싶었는지 불도 붙이지 않은 담배지만 그렇게 냄새가 구수할 수가 없었다. 막 불을 붙이려고 하는데 "금연구역입니다."라는 호텔 직원의 말에 할 수 없이 밖에 나가서 피려고 문을 여는 순간, "밖에도 금연 구역입니다."라는 소리가 들렸다.

그 소리를 듣는 순간 또 참아야 한다고 생각하니 머리에서 쥐가 나고, 발작을 일으킬 것 같았다. 짜증이 나서 아무 죄도 없는 호텔 직원에게 "이 마을 전체가 금연구역입니까?라고 소리치자 그렇지는 않다고 했다. "그럼 어디서 (담배를) 필 수 있나요?"라고 물으니 각자 자기의 집 안에서는 필수가 있단다. 기가 막혔다. 이 마을에서는 결국 담배를 피울 수 없다는 것이다.

이튿날도 발전소에서 회의를 하며 하루 종일 담배를 피지 못하고 결국은 LA 공항에 도착해서야 공항 흡연실에 갇혀서 우리 속에 있는 원숭이를 구경하듯 하는 사람들의 시선을 느끼며 담배를 피울 수가 있었다.

독일에서 프랑스로, LA로, 디아블로 캐년으로, 또다시 LA로 이동하는 동안 만 4일 만에 피는 담배 맛이었다. 깊이 들여 마신 니코틴이 폐 속 말단 조직까지 깊숙이 도달하여 마침내는 온몸이 아드레날린으로 휩싸이는 것 같은 황홀감의 극치를 맛보며 느끼는 만족감과 행복감은 그 무엇에도 비교될 수 없는 것이다. 모든 스트레스가 단번에 사라진다.

적절한 비유를 찾지 못해 인용하는 비유가 좀 고풍스럽지는 못하지만 이때 느끼는 담배 한 모금의 만족감과 행복감은 마치 뱃속에서 요동을 치며 세상 밖으로 나오려고 돌진하는 유동체를 억지로 참고 버티고 있다가 화장실에 앉아 한꺼번에 배설해낸 후에 느끼는 시원한 그 만족감과 맞먹는다. 그만큼 담배를 탐닉했던 나도 담배를 끊었다.

큰 손녀를 유모차에 태우고 어린이집에 데려다주고 데려오고 할 때마다 내가 기침을 자주 하니까 4살배기 손녀가 "할아버지 담배 끊어. 몸에 아주 나쁘대." 하는 말에 담배를 끊었다. 그동안에 몇 번 금연을 실천하려다 실패한 경험이 있다. 담배 한 대를 뽑아 피우면서 이것만 피고 이제는 끊는다고 하며 반도 안 핀 담뱃갑을 버리기 일쑤였고, 그러고는 피우고 싶어질 때 또 사곤 하는 일이 반복됐다. 금연에 실패했을 뿐만 아니라 담배 구입 지출 비용도 증가하는 것은 불문가지(不門可知)였다.

이번엔 반대 방법을 택했다. 담배 한 개비를 입에 물었다가는 "이번만 피지 말고 다음번에 피자." 하고 담배를 다시 담뱃갑에 집어넣는 일을 연속해댔다. 담배가 없어지지 않으니 담배를 살 필요가 없어지고, 입에 물었다가도 피지 않은 횟수가 증가하고, 그동안 피지 않고 참았던 시간이 아까워 또 피지 않게 되고 결국 금연에 성공하게 되었다.

금연은 의지의 문제가 아니라 필요의 문제라는 생각이 든다.

60대 넘는 분들이 거의 모두 금연 생활을 하고 있는 이유는 그들이 강한 의지의 소유자여서라기보다는 금연이 절실히 필요하다고 생각했기 때문이라고 생각한다. 건강 때문에, 경제력 때문에, 가족을 위해, 또는 사랑하는 사람이 원하기 때문에 담배를 끊었을 것이다.

나는 사랑하는 손녀와 약속한 것을 지켜야 한다고 생각했기 때문에 담배를 끊었다.

금연을 의지의 문제로만 귀결시켜, 자신은 의지가 강하지 못한 사람이라고 스스로를 비하하며 말하는 사람도 있고 또 담배를 끊은 사람들 중에는 자기 의지가 강하다는 것을 자랑이나 하려는 듯, 그들에게 왜 그렇게 의지가 약하느냐고 핀잔을 주는 사람도 본 적이 있다. 이런 일들은 금연에 결코 도움이 되지 않는다고 생각한다.

담배를 끊지 못한다는 것은 아직도 끊을 필요를 절실하게 느끼지 못하기 때문이고, 담배를 끊지 못하는 것이 아니라 안 끊는 것이라는 해석도 가능하다.

담배를 끊고 싶은 사람은 가슴에 손을 얹고 내게 정말 담배를 끊을 절실함이 있나 생각해 볼 필요가 있다. 어느 목사님의 말씀처럼 우리 머리에는 흡연을 위한 굴뚝이 없는 것으로 보아 하나님은 우리가 흡연하는 것을 기뻐하지 않으셨다고 생각이 드니 하나님의 뜻에 따르는 것이 좋을듯하다.

나는 흡연자들이 힘들겠지만 하루속히 금연의 필요성을 인식하고 금연에 성공하기를 진심으로 바라고 응원을 보낸다. 금연을 하니 좋은 점이 많이 있다.

몸에서 냄새가 나지 않으니 좋고, 가족에게 피해를 주지 않아 좋고, 재떨이가 없으니 깨끗하고, 주머니 속에 담배 가루가 남지 않고, 가족에게도 대접받으니 좋고, 돈에 불을 붙여 연기로 날려 보내는 일이 없어 좋고, 흡연실에 갇혀 사람들의 구경거리가 되지 않아 좋고, 무엇보다 "아직도 담배를 펴?" 하는 무시하는 듯한 소리를 듣지 않아서 좋다.

다수의 횡포

신문, 방송할 것 없이 모든 뉴스미디어가 대규모 시위 기사로 연일 도배되고 있다. 마치 이곳저곳에서 물이 끓고 증기가 솟아오르는 화산지대에 서 있는 것 같고, 언제고 무슨 일이 터질 것 같은 화약고를 옆에 끼고 사는 느낌이다.

서울역, 대학로, 광화문, 국회의사당, 교대 앞, 여의도 광장, 그리고 서초동 등 서울 곳곳에서 집단적 시위가 난무(亂舞)하고 있어 버스를 이용하려면 통과해야 할 지역에 데모 행렬 유무부터 검토해야 하고 이제는 일상화가 된 듯한 시위에 어느 한 곳에라도 참석을 해야 서울 시민이고 국민이라는 생각마저 들게 할 정도다.

다른 장소에서 전혀 다른 주제를 가지고 서로 다른 날에 벌이는 시위도 있지만, 동일한 주제를 가지고 찬반으로 갈라져 같은 날 벌어지는 상호 반대와 적대시하는 구호를 외쳐 대는 극단적 시위는 위험 수위를 넘어 일촉즉발(一觸卽發)의 아슬아슬한 상태로 치닫는다.

입으로는 법치국가라고 외치면서도 실제로는 힘으로 법 위에 군림하여 영향력을 행사하고자 하는, 다수의 횡포에 가까운 모양새를 취하고 있다.

자기의 생각이나 주장을 표현할 자유와 권리는 있지만 그 주장을 표현하기 위해 타인의 자유와 권리를 침해해서는 안 된다는 것이 법의 기본 정신이라고 우리는 오랫동안 배워서 알고 있다.

사회의 소수분열이 국론의 대분열로 이어져 국가 권력이 개입하기 전에 사회지도층 인사들이 시위대들의 주장들에 대해 사안(事案)별로 시시비비(是是非非)를 객관적인 시각으로 당당하게 가려서, 잘못된 점은 지적하고 설득하여 국론 통일에 큰 역할을 해주었으면 하는 바람이다.

그러나 세상에는 완벽한 생각이나 주장이 존재할 수 없다는 것을 기화로 양 진영 지도층 인사들이 공히 젊잖게 양비론(兩非論)이나 읊으며 보신주의에 빠져 방관하는 듯한 태도들을 취하므로 이러한 분별없는 주장들이 난무하고 있는 게 아닌가 하는 생각이 들 때도 간혹 있다.

이들 오피니언 리더들이 사회를 리드하기보다는 오히려 다수의 힘에 이끌려 가는 듯한 느낌마저 들 때도 있다. 물론 일차적인 책임은 무분별한 행위를 벌이는 일반 국민들에게 있음을 부정할 수는 없다고 생각한다.

요즘은 어느 누가 걸쳐 입어도 그럴듯하고 편리한, 민주주의란 이름의 옷을 빌려 입고 너도나도 민주주의를 외치며 시도 때도 없이, 장소 불문하고 각양각색 자기들 마음대로의 시위들이 횡행(橫行)한다. 그야말로 시위 천국이란 말이 실감 난다.

시위대의 모습을 자세히 살펴보면 어떤 종류의 시위든 가리지 않고 겹치기 출연하여 맨 앞줄에 서서 카메라의 집중 세례를 받는, 백발이 성성한 사람, 이마에서 반사 빛이 번쩍이는 사람, 중절모를 쓴 사람, 특정한 구호의 어깨띠를 두른 사람들 등 익숙한 모습의 인사들을 심심치 않게 볼 수가 있다.

이런 인사들을 보면서 앞으로 올 제5차 산업사회에서 가장 인기 있는 직업은 대리 데모사나 전문 시위 상담사들이 되지 않을까 하는 엉뚱한 생각을 해보기도 한다.

시위가 있을 때마다, "민주주의가 살아있다는 증거"라며 입버릇처럼 말하는 정치인들이나 일부 평론가들의 너무 가볍게 말하는 듯한 진부한 말에 이제는 정말 식상(食傷)함마저 느끼기도 한다.

과연 범람하는 시위 행위가 민주주의가 살아있다는 증거가 될까? 조용한 민주주의는 존재할 수가 없는 것일까? 자유의 엄청난 남용까지도 민주주의라는 용어로 너무 쉽게 포장해버리는 것은 아닐까? 대규모 시위가 별로 흔하지 않은 북유럽 나라들은 민주주의가 죽어 있는 나라일까?

'조선민주주의 인민공화국'인 북한에는 집단 시위 행위가 없다. '민주주의'라는 단어 없이 공식명칭이 '대한민국'인 우리나라는 시위 천국인 것을 보면 집단 시위 행위는 민주주의라고 명명(命名)하는 정치 형태와 는 전혀 관계가 없는 것 같다.

예로부터 우리나라는 연고주의에서 기원(起源)한 집단문화가 사회 곳곳에 깊숙이 자리 잡고 있어 왔다.

집단 문화가 기지고 있는 잠재적 위력의 일면을 압축해서 나타낸 기사를 본 적이 있다.

2002년에 개최된 한일 월드컵에서 한국 경기의 심판을 본 한 당사자가 본국으로 돌아가 "만일 조금이라도 한국에 불리한 판정을 내렸다가는 살아서 나갈 수 없을 것 같은 위협을 느꼈다."라고 했다. 이는 한 신문 기자와의 인터뷰 기사 내용인데 붉은 악마의 응원 분위기에 대해 언급한 말이다.

과문(寡聞)한 탓인지는 모르겠으나 우리나라만큼 대규모 시위가 빈번한 나라는 없는 것 같다. 언제부터 집단문화가 대규모의 집단시위로 변하여 자리 잡기 시작했을까?

다수의 집단시위 행위는 아무래도 구한말 고종 때의 조국 근대화 과정에서부터 시작되지 않았나 생각된다.

1880년에는 일본으로부터 종두법 의술(醫術)을 전수받아 당시 치사율이 30%를 넘던 무서운 전염병인 천연두 퇴치에 공(功)이 큰 '지석영'을, 일본 앞잡이라는 혐의를 씌워 기어이 강진으로 귀양을 보낸 집단행위가 있었다.

1899년에는 전차가 개통된 지 일주일 만에 어린이가 전차에 치어 사망하자 성난 백성들이 전차를 뒤집어엎고 불 지른 사건이 있었고, 1898년 3월 10일에는 독립협회 주관으로 자신들의 정치개입을 관철시키기 위해 10,000명이나 모이는 국민회의라는 대형 집회가 있었다.

당시 서울의 인구가 196,000명이었는데 집회 참가자가 약 5%인 10,000명이나 되었으니 지금의 인구비례로 따지면 약 5십만 명이나 되는 대규모 집회였던 것 같다.

집단시위가 너무 대규모로 진행되거나, 격렬한 행위가 동반되거나, 외치는 구호가 이상한 방향으로 흐를 때면 시위가 혹시나 합법적 테두리를 벗어나 여론재판으로 변질되어 마녀사냥식 다수의 횡포로 변하지는 않을까 염려되기도 한다.

시위의 규모(規模)보다 더 위험한 것이 시위 군중들이 선동세력에 현혹되는 일이다. '지록위마(指鹿爲馬)'란 고사성어가 있다. 사슴을 말이라고 우겨대는 것을 말한다. 진시황이 죽자 기반이 허약한 환관 출신 조교가 권력을 잡은 후 사슴을 말이라고 부르게 했고, 이를 거부하고 사슴을 사슴이라고 사실대로 말하는 사람들을 정적으로 간주하여 모두 제거했다는 데서 유래한 말이다.

엄청난 다수의 시위 군중이 거짓 선동에 현혹되어 사슴을 말로 잘못 아는 것같이 거짓을 진실로 잘못 알아, 이들 다수의 힘이 잘못된 방향으로 발산될 때 즉 마녀 사냥식 다수의 횡포로 변할 때의 피해는 너무나 커서 한 사회와 국가의 정통성까지도 뒤엎을 수 있을 뿐만 아니라 예수를 죽인 것과 같이 세계 역사의 흐름도 바꿀 수 있는 위험성까지 있다.

젊은이들에게 새로운 사상을 가르쳤다는 죄목으로 소크라테스를 죽음으로 몰아간 사건이나, 바리새인들의 종교관을 비판한 예수를 하나님 모독이라는 죄목을 씌워 십자가에 매단 사건, 100년 전쟁에서 프랑스에 승리를 안겨준 잔다르크를 신성모독죄로 화형에 처한 사건, 그리고 미국산 소고기를 먹으면 뇌에 구멍이 뚫린다고 불특정 다수에게 피해를 입히고 나라에 소동을 일으켰던 '미국산 소고기 파동'을 사건 등은 대표적인 마녀사냥이요 다수횡포의 전형이라 할 수 있겠다.

다수의 횡포에 수반되는 큰 특징은 아무도 책임지는 사람이 없다는 것을 역사와 경험을 통해서 보아왔다.

그런데 최근 몇 년 사이에 우리 사회는 대규모 집단시위보다 더 무섭고 심각한 피해를 가져오는 진실을 잘못 알고 오도된 극열소수다수(極熱小數多數)의 횡포가 새로운 형태로 나타나고 있다. 그 횡포란, 개인의 인권침해를 넘어 사회의 질서와 도덕적 기준을 무시하는 무질서, 무법사회로 변할지도 모르는 댓글이라는 무서운 살상 무기다.

댓글의 횡포는 민주주의의 형태를 무너뜨릴 뿐 아니라, 그 옳고 그름에 관계없이 자기들과 다른 생각과 사상을 가지는 자는 우리 사회에 존재할 수 없다는 듯한 무서운 협박으로 등장하고 있다. 이 댓글에는 살의(殺意)의 뜻을 담고 있는 섬찟섬찟한 언어가 거침없이 등장한다.

어떤 학생이 "힘들다."라고 하자 "그러면 너 혼자 조용히 죽어."라는 댓글에 그 학생이 극단적 선택을 했다는 기사를 읽은 적이 있다.

민주주의냐 전체(全體)주의냐, 경제발전이냐 국가안보냐 하는 문제 못지않게 중요한 것은, 그 사회가 상식이 통하는 도덕적 법치적 정의하에 작동하느냐 아니면 무대포의 다수횡포에 의해 제압당하고 있느냐 하는 문제라고 생각한다.

도덕질서와 법치적 질서가 파괴되고, 정의라는 객관적 개념도 자기들 편에 유리하게 해석하여 이용하는 다수의 횡포가 난무하는 사회는 결국 무너지고 말 것이라는 생각에 늘 불안한 마음이다.

위정자들이나 사회지도층 인사들, 그리고 그 많은 시민단체들이 힘을 합치면 얼마든지 다수의 횡포가 없는 좋은 사회를 만들

수 있다고 생각한다. 필요에 따라 자기들 편에서도 활용할 생각
이 있다면 불가능하겠지만…. 어떤 힘 있는 분의 말처럼 댓글을
하나의 애교나 또는 양념으로 과소평가하다가는 언젠가 걷잡을
수 없을 정도의 큰 재앙으로 변할지도 모른다.

지위고하를 막론하고, 옳고 그름을 떠나 마녀사냥식 여론 재
판으로 희생을 당하는 사람들이 더 이상 없는 성숙한 사회가 되
었으면 좋겠다.

봄비가 부슬부슬 내리고 있다.

창문을 통해 건너편의 화단을 내려다보니 생명의 봄비를 맞으며 막 꽃망울을 터뜨린 개나리와 매화가, 촉촉이 젖은 아름답고 청초한 모습을 보이고 있다. 떨어지기가 아쉬운 듯한 물방울에 아롱진 그 꽃망울의 함초롬한 자태(姿態)는 더없이 아름답다.

꽃은 군락(群落)을 이루고 있어야 아름답다고 하지만 소나무, 단풍나무, 대나무 등 어울리지 않는 나무들 속에서 홀로선 희소한 모습이 오히려 더 아름다워 보인다.

춥다고 크게 움츠리던 때가 엊그제 같은데 어느새 봄이 왔다. 문득 여유를 잃은 채 바쁘게만 달려온 세월이 느껴진다. 느긋하고 여유가 있는 삶을 꿈꾸면서도 무엇이 그리 바빴는지 여유를 잃은 채 79번째의 봄을 또 맞이한 것이다.

이제부터는 바쁨이라는 울타리에 갇혀 살아왔던 공허(空虛)와 허무(虛無)의 지난 세월에서 해방되어 좀 더 여유와 여백과 느긋함의 미학을 향유(享有)하는 자유로운 삶을 살아보고 싶은 마음이 소생(蘇生)한다.

나는 평소, 여유와 여운과 여백을 느낄 수 있는 소재들을 좋아한다. 그 소재는 그림이 될 수도 있고 글이나 시골의 어느 풍경이 될 수도 있다.

풍속화나 산수화나 풍습화 같은 동양화를 볼 때면 화폭을 가득 채우지 않은 그 여백에 아름다움을 느끼면서도 한편으로는 여백의 적절한 곳에 계곡이나 암자를 더 그려 넣었더라면 하는 아쉬움을 갖기도 했다.

그러다가 한 동양화 해설가의 글을 읽은 후에는 여백이나 여운을 주는 그림이나 글들에 더욱 애착을 갖게 되었다. 대부분의 동양화들은 공간을 많이 남겨 왠지 미완성한 느낌을 주기도 하지만 감상하는 사람이 그 여백의 빈 공간에다 자기 나름대로의 그림을 그려 넣으므로 각 그림은 자기가 상상한 가장 아름다운 그림으로 완성될 수 있다는 것이다.

따라서 여백은 감상자를 위해 의도적으로 남긴 공간일 수 있다. 그림만이 아니라 글도 여백을 남기는 글이 아름답고 그중에

문체 특성상 짧은 글인 시(詩)는 더 많은 여백과 여운을 남긴다.

> 강 건너 밀밭길을
> 구름에 달 가듯이 가는 나그네
> 길은 외줄기 남도 삼백 리
> 술 익은 마을마다
> 타는 저녁놀
> 구름에 달 가듯이 가는 나그네

　이 글을 읽으면서 독자는 벌써 자기가 상상하는 남도의 어느 길을 걷게 된다. 그 길은 꿈속에서 늘 그리던 상상의 길이요 향수의 길이다. 남포로 가는 길일 수도 있고, 무진으로 가는 길일 수도, 해남으로 가는 길일 수도 있다. 나그네가 가는 길은 독자가 동행하는 길이다. 술 익는 냄새가 나는 긴 여운이 남는 글이다.
　스님들의 선문답(禪問答)도 비유라는 언어로 많은 여백을 남긴다. 오래전에 입적하신 성철스님은 "산은 산이요, 물은 물이로다."라는 비유로 큰 여백의 말을 남기셨다. "무슨 그런 하나 마나 한 진부한 말씀을…"이라고 생각할 수 있겠으나 여기에는 아주 심오한 뜻이 있다고 생각한다.
　산을 산으로 보지 못하고 물을 물로 보지 못하는 즉 선전 선동으로 왜곡되고, 잘못 알려진 것들을 사실로 아는 사람들이 많은 이 세상에서, 사실을 사실대로 볼 수 있는 혜안을 가져 보라고 성철스님은 일부러 채우지 않은 여백을 남긴 것은 아닐까?

여백과 여유와 쉼과 느긋함은 서로 일맥상통하는 것으로 위에 언급한 모든 것들은 우리에게 여유와 느림의 삶을 살라고 하는 본보기인 듯하다. 여유와 여백과 휴(休)와 자유를 영위(營爲)하는, 느긋한 삶이야말로 인간이 누려야 할 본연의 선하고 아름다운 삶이라는 생각을 지울 수가 없다.

요즘 빠름이 선(善)으로 숭상되는 물질문명의 뒤안길에서 인생의 여유로운 삶이 죽어가고 있다. 꼭 그렇게 바쁘게 살아야만 할 이유가 있는 것도 아닌데 자기도 모르는 사이에 바쁜 생활에 익숙해지고, 길들여진 모습이다. 쉼표라는 부호를 만들어 적절히 숨쉬기를 하라고 악보에도 넣는 사람들이 안타깝게도 정작 자기는 쉼표가 없는 숨 막히는 삶을 살고 있다.

몇 줄로 서서 차례를 기다리다 보면 항상 옆줄이 빨리 줄어드는 것 같아 재빨리 그쪽으로 옮겨가 보면 반대로 다른 줄이 더 빨라 보인다.

교통체증이 심할 때도 항상 옆줄이 빠른 것 같아 이리저리 차선을 옮겨본다. 자판기 커피잔이 떨어지기도 전에 벌써 한 손이 자판기 안에 들어가 있다. 엘리베이터를 타자마자 안에서는 닫힘 버튼을 계속 눌러대고 밖에서는 막 도착한 이가 닫히는 문에 발을 집어넣는다. 다음번에 타면안 되는 급한 사정이 있는 것 같지도 않은데…. 에스컬레이터에서 걸어서 올라가는 나라는 우리나라뿐이란다. 전철의 문이 열린다. 앞에 서 있던 90세 노인의 행동이 둔하자 한 노인이 재빨리 앞질러 타서 좌석을 차지한다.

3월이 왔다. 여유를 가지고 느긋하게 기다리노라면 다리가 부러진 제비가 올 날이 있을 것인데도 성급한 나머지 멀쩡한 제비를 잡아 일부러 다리를 부러뜨려 상처를 싸매주고 날려 보내면서 빨리 박 씨를 물고 오라고 재촉하는 우를 범하기도 한다.

이렇게 '바쁨이라는 현대의 질병'은 우리가 모르는 사이에 개인과 사회를 병들게 하고 있다. 현대사회의 건전성을 유지하고 있는 그나마의 끈인 인간관계를 삭막하게 만들어 버리고 사회를 떠받드는 가장 튼튼한 토대인 건전한 가정생활조차도 어쩌다 보는 친인척이 묵고 가는 하숙집 정도로 전락시켜 버린다. 이제는 이 현대의 만연한 바이러스성 질병에서 벗어나 모든 것을 이전의 정상상태로 복귀시켜야 한다.

경쟁사회가 뿌려놓은 이 무서운 독극물인, 바쁨이란 물질도 사색의 삶과 느긋하고 여유 있는 기다림의 미학이라는 해독제로 간단히 처리, 제거될 수 있다.

아직은 찬바람이 제법 저항을 하고 있지만 잔설 밑에서 희망의 어린 새싹이 이 땅에 봄소식을 전하려고 서서히 그러나 힘차게 솟아오르고 있음을 상기하고 느긋하게 봄을 기다려 본다. ■

앗긴 들에도 반드시 봄은 왔었다.

느긋하게 사색의 시간을 가지며 갖가지 사물과 일들의 이치를 깊이 생각해 보기도 하고, 그동안 살아온 삶을 반추해 보기도 하고, 돈 좀 벌어온다고 아내에게 조자룡 헌 칼 쓰듯 휘둘러 대던 갑질도 회개하며(말로 표현하면 더 좋겠지만), 사진첩을 뒤적이며 아내의 젊었을 때 모습을 보기도 하면서, 아무것도 하지 않고 뒹굴뒹굴 하루를 보낼 수도 있다.

"우리는 바쁨이 몸에 배어 음식이 나오자마자 배를 채우기만 급급하고 각종 나물반찬에 섞여 있는 농부들의 땀 냄새와 봄나물을 스쳐 간 들녘의 바람은 느끼지 못한다."라고 어느 시인은 말했다.

도시에서 묻은 때와 먼지를 훌훌 털고 무작정 들로 나가서 뺨을 스치고 지나가는 봄기운이 가득한 들판의 상쾌한 바람도 느껴보고, 파릇파릇 솟아난 달래, 냉이들의 소곤거리는 소리에 귀를 기울여 보기도 하고, 졸졸졸 흐르는 실개천의 돌들을 뒤적이며 가제를 잡아보는 여유를 즐길 수도 있다.

약속이 있다면 그냥 펑크를 내고 무작정 봄비를 맞으며 덕수궁 돌담길을 걸어보는 것도 좋을 듯하다. 사랑하는 아내와 둘이라면 더욱 좋겠지만…. 아직도 가부장제도에 오염되어 갑질이나 해대는 노인네가 되어버린 남편이라면 아내는 남편의 이런 제안을 일언지하에 거절할지도 모른다.

가끔은 게으름을 피워보는 것도 여유를 즐기는 한 방편이 될 수도 있을 것 같다. 양말 한 짝은 이쪽에 나머지는 저쪽에 집어 던진 채 있고 방은 벗어놓은 옷가지로 어질러진 채로, 늦게까지 일어나지 않은 채, 침대에서 뒹굴며 카톡이나 뒤적거리며 머리 한 귀퉁이가 빈 사람같이 굴어보는 것은 어떨까? 옳다구나 하며 아내는 공격의 대상이 된 남편의 텅 빈 머리를 희열을 느끼면서 잔소리로 채울 것이다. 아내가 잔소리로 스트레스를 풀도록 기회를 제공해 보는 것도 좋을 듯하다.

좋은 방법이라고 할 수는 없겠지만 평소 가족이 생각지도 못한 엉뚱한 가출을 하여 나만의 시간을 가져볼 수도 있겠다. 달랑 전화기 하나만을 가지고 완행열차를 타고 가다가 강원도의 어느 간이역에 내려 한 이틀 정도 집에 연락도 없이 시골에 묵으면서 반딧불이도 보며 별들과 바람과 대화도 해보고 산비둘기 우는 소리를 들으며 보내보는 것은 어떨까? 집에서 난리가 나겠지만!

평소 가정이나 아내에게 충실하지 못한 사람에게는 쫓겨날 확률이 확실한, 위험천만한 방법이라 여유 있는 삶을 살아보려다 노숙자 신세가 될지도 모르니 조심해야 한다.

좀 느긋하고 여유 있는 삶을 살아보자고 다짐을 해본다.

청산리 벽계수야 쉬어감을 자랑 마라
일도창해하면 돌아오기 어려워라
명월이 만공산하니 쉬어간들 어떠하리

노화현상(老化現狀)

그러므로 모든 육체는 풀과 같고 모든 영광은

풀의 꽃과 같으니 풀은 마르고

-베드로전서 1:24

남이야 뭐라던 배고플 때 먹고 졸릴 때 자라

너무 건강한 사람처럼 심한 병자는 없다

-로맹 롤랑

노화현상이란, 좀 복잡하지만 세포기능의 사소한 변화들이 오랜 세월 축적되어 생물학적 기능과 신진대사 능력을 저하시켜, 신체조직 기능에 장애를 일으키는 현상으로 정의되기도 한다.

현대를 100세 시대라고들 한다. 90줄을 넘어서도 정정하신 분들이 많고 100세에도 건강을 과시(?)하며 여기저기 출강하시는 교수님도 계시다. 매우 바람직한 현상이지만 실제로 그런 분은 그리 많지 않은 편이며 나이가 들면 늙게 마련이고 늙으면 노화에 따른 여러 가지 신체 변화가 동반되어 활동에 제약이 따르고 두뇌활동도 둔해지기 마련이다.

아무리 일류 정비소(병원)를 다니며 최고의 정비를 받고, 미국의 식약청(FDA)이 인정하고 권고하는 최고의 기름(영양보조식품)을 처대며 잘관리를 해도 육체 이곳저곳에서 삐걱대는 소리가 난다. 이런 현상에 너무 과민하게 반응하지 않는 것이 좋겠다.

예수님은 "젊어서는 스스로 띠 띠우고 원하는 곳을 다녔거니와 늙어서는 네 팔을 벌리리니 원하지 않는 곳으로 데려가리라."라고 말했다. 톨스토이도 "자기 생존의 무의미함과 비참함을 느끼지 않고서는 계속 살아나갈 수 없을 때가 올 것이다."라고 말했다. 모두 나이 먹음에는 육체의 노화가 동반한다는 말이다.

인생의 나이는 매년 생일마다 한 번씩 먹는 신체적 나이가 있고 신체적 나이와는 전혀 관계없이 자신이 스스로 느끼는 심리적 나이가 있다.

『100세를 사는 법』, 『나는 내 나이가 좋다』 등등 노인과 늙음에 대하여 언급하는 대부분의 책들은 심리적 나이에 관한 것들이지, 해마다 먹는 신체적 나이와 함께 오는 노화현상은 아무리 예찬을 하고, 아름다운 말로 장식을 하고, 화장(化粧)을 한다 해도 피할 길이 없다.

예수님과 톨스토이의 말씀처럼 우리 선현(先賢)들은 일찌감치 신체적 나이 먹음에 따라오는 노화현상을 자연스러운 것으로 인정하고 이에 순응하며 살았다.

> 한 손에 막대 잡고 다른 손에 가시 쥐고
> 늙는 길 가시로 막고 오는 백발 막대로 치렸더니
> 백발이 지 먼저 알고 지름길로 오더라
>
> —우탁

한편 심리적 나이에 대해서는 늙어서도 마음먹기에 따라 얼마든지 젊음을 유지할 수 있다고 노래했다.

> 뉘라서 날 늙다 한고 늙은이도 이러한가
> 꽃 보면 즐겁고 잔 잡으면 웃음 난다
> 귀밑에 휘날리는 백발이야 낸들 어이하리요
>
> —이중집

여기서 대표적 몇 가지 노화현상을 살펴보는 것이 과도한 불안에서 벗어나 노화현상을 친구 삼아 편안한 마음으로 노후를 보내는 데 도움이 되지는 않을까 생각해본다.

기억력 감퇴

노화로 나타나는 특징 중 가장 흔하게 나타나는 현상인데도 많은 노인들이 최고로 민감하게 반응하는 부분이기도 하다. 금방 벗어놓은 안경을 어디다 두었는지 생각나지 않는다. 심지어 안경을 쓰고 안경을 찾을 때도 있다. 어제 점심에, 저녁에 무엇을 먹었는지 도무지 생각이 나지 않는다. 특히 고유명사가 생각나지 않아 "왜 있잖아?", "그 사람?" 혹은 "그곳?" 하고 대명사로 대치하기 일쑤다.

이때 최고로 적합한 말이 '거시기'라는 전라도 방언이다. 총리 이름은 물론이고 친구 이름, 때로는 존경하는 목사님 이름까지도 입에서 뱅뱅 돌며 생각나지 않는다. 덜컥 불안한 생각이 든다. 치매 아닐까? 걱정 안 해도 된단다. 기억력 저하일 뿐이란다. 다만 전화기를 손에 들고 이건 "무엇에 쓰는 물건일까?" 아내나 남편을 보고 "이 젊은이는 누구인데 내 옆에 있지?"라고 할 때는 사정이 다르다. 이런 경우는 치매일 가능성이 높다.

코넬대학 신경학과 노만 렌킨 교수는 이렇게 말한다. "기억력 저하는 아주 자연스러운 현상이다. 뇌는 풍선처럼 바람을 불어넣으면 불어나고 바람을 빼면 줄어드는 수축형이 아니고 다락방과 같은 고정된 공간으로 저장능력에 한계가 있기 때문에 새로운 정보를 저장하기 위해서는 오랜 세월 동안 저장해 왔던 것들 중 덜 중요한 정보부터 끄집어내어 버려야 하는 것이 뇌의 기능이다."

상기(上記)와 같은 과정이 건망증으로, 이를 치매와 연관 지으려는 편견과 걱정은 버리는 것이 바람직하다.

20세기 최고의 천재 아인슈타인은 시대 최고의 건망증 소유자였다. 다음은 아인슈타인의 건망증에 관한 유명한 일화이다. 아인슈타인이 기차여행을 하고 있던 중 차장이 차표검사를 하면서 다가오자 주머니를 뒤지며 차표를 찾기 시작했다. 그를 알아본 차장이 "박사님 표를 찾지 않아도 됩니다. 괜찮습니다."라고 했다. 그러자 아인슈타인이 말했다. "당신은 괜찮을지 몰라도 나는 큰일이요. 만일 차표를 찾지 못하면 내가 어디를 가는지, 어디서 내려야 하는지 모른단 말이요."라고 했다고 한다. 심한 건망증이 있는 사람은 천재일 가능성만이 있지만 자주 깜빡깜빡하는 아내는 틀림없이 천재이니 보배처럼 소중히 생각하고 존경스럽게 대해야 나중에라도 후회하지 않는다. 건망증에 대한 걱정을 버

리자. 그래도 걱정이 되면 암기력 훈련을 하는 것이 도움이 된단
다. 국화 옆에서의 시인 서정주는 매일 아침 세계의 산(山) 이름
160개를 외웠다고 한다. 나는 가끔 생뚱맞게 급격히 잊혀져 가
는 젊었을 시절의 외국 배우 이름을 떠올려보곤 한다. 워랜비티,
나타리우드, 캐서린 햅번, 험프리보카드, 케리쿠퍼, 칼말테인, 로
버트 라이언, 그레이스 켈리….

외로움

노인들이 가장 많이 하소연하는 대표적인 심리적 노화현상은
외로움이란 현상이다. 신체적 한계 때문에 참여할 수 있는 모임
의 수도 줄어들고 친구들과의 관계도 소원해지니 자연적으로 대
화 상대도 줄어들고 자식들도 자주 찾아오지 않으니 무척이나
외롭다고 하소연들 한다.

이해가 안 되는 것은 아니다. 그러나 노화현상 중에 우리와 친
구로 지내기 위해 어김없이 찾아오는 것이 바로 외로움이다. 외
로움은 다른 누구의 도움으로도 해결할 수는 없는 것으로 이 외
로움이야말로 얼마든지 극복할 수 있는 스스로 만든 사치스럽
고, 쓸모없는 자아도취적 심리현상이라고 생각한다.

자녀가 자주 찾아오지 않아서? 대화 상대가 없어서? 현대사회는 자녀들이 자주 찾아뵐 수 있는 환경이 아니다. 옛날 같은 효의 개념이 통용될 수 있는 세대들도 아니고 또 그들은 그들 나름대로의 삶을 살아가야 하고 바쁘고 고달프고 여유도 없다. 얼마나 자주 찾아오느냐 하는 것을 효도의 잣대로 삼지 말아야 한다. 자주 찾아뵙지 못하는 자녀를 두둔하고자 하는 말이 아니라 노인에게 결코 이롭지 않은 외로움에서 탈피하자는 뜻이다. 특정한 대화 상대도 바라지 말아야 한다. 이럴 경우를 대비하여 하나님은 노인에게 사색하는 시간을 많이 가질 수 있도록 허락하신 것이다. 사색하면서는 모든 것이 가능한 대화 상대가 될 수 있다. 보이지 않아도 마음으로 자녀와 가족과 대화할 수도 있고 삼라만상 모두가 대화의 상대가 될 수 있다. 오히려 대면 대화보다 더 광범위하고 깊은 대화를 나눌 수 있다고 생각된다. 우리가 외로운 것은 우리가 필요한 것만을 보면서, 막상 우리를 필요로 하는 곳이 있다는 것을 보지 못하는 데서 오는 것이다. 건강한가? 재력이 있지는 않은가? 특별히 가지고 있는 달란트는 없는가? 종교를 가지고 있는가? 이들을 필요로 하는 곳은 수없이 많다. 그것을 필요로 하는 곳으로 갈 수가 있다. 외로울 시간과 이유가 없다고 생각한다. 만일 건강하지 않다고 하면 또 그 나름대로 필요로 하는 분야가 있을 것이다.

그밖에 나이 듦과 함께 찾아오는 자기만이 느낄 수 있는 노화현상도 많다. 때때로 무릎이 시큰거린다. 높은 계단에 마주 서면 엘리베이터는 없나 하고 두리번거린다. 막 떠나려 하는 차를 붙잡지 못하고 보낸다. 젊은 탤런트나 가수의 얼굴을 분간하기 어렵고 그 놈이 그분이다. 젊은이들이 부르는 한국말 노래도 당최 알아먹을 수가 없다. 빠르기도 하려니와 띄어쓰기도 제 마음대로여서 아버지가 방에 들어가시는지, 아버지 가방에 들어가는 건지…. 한국말과 영어가 뒤섞여 우리나라 말인지 우랄알타이 말인지 분간이 안 된다. 약의 효능 설명서와 교회 주보 글씨는 왜 그렇게 점점 작아지는지…. 혓바닥도 늙어서 미각을 잃었는지 소금을 좀 더 좀 더 하다가 아내한테 핀잔받기 일쑤다. 자기는 안 늙나 보자. 손등의 꺼풀도 탄력을 잃어 한 번 잡아당겼다 놓으면 제자리를 찾는 데 한참을 헤맨다. 주사를 놓기 위해 궁둥이를 때려대는 간호사의 손길도 매워졌을 뿐 아니라 소리도 가볍다. 볼륨이 있는 궁둥이의 충격 흡수능력과 퉁~하는 젊었을 때의 공동 울림소리는 어디 가고 가죽만 입은 뼈를 때리는 듯 아프고 찰싹찰싹, 탁탁하는 가벼운 소리만 들린다. 각종 말하는 소리도 웅웅 하는 잡소리로 들릴 때가 있고 말세로 가는 세상 보지도 말라는 듯 중력(重力)에 겨운 눈꺼풀도 자꾸 처진다.

그런데 이를 어쩌랴 이는 노인에게 주는 극히 자연스러운 선물인 것을 ! 대신 노인들은 귀로 듣지 않아도 마음으로 들을 수 있고 눈으로 볼 수 없는 것을 마음으로 볼 수 있는 혜안을 선물로 받았다. 신체적 노화현상을 적(敵)으로만 취급하면 마음에 원한과 미움만 싹트고 친구 삼아 동반여행을 하면 포용과 사랑의 마음이 생긴다.

100세를 사는 법, 장수비결, 몸을 살리는 방법, 장수에 좋은 약품, 약초 등 노인의 주머니를 노리는 이런 겉치레 유혹에 너무 심취되지 말자고 다짐을 한다. 신체적 나이에서 오는 각종 질병은 적절한 치료를 받으며 또 참아가기도 하면서 하루하루 살아가고 심리적 나이에서 오는 외로움은 자기가 스스로 만든 폐쇄적인 울타리를 벗어나 현재에 만족하며 감사하는 삶을 사는 것이 지혜로운 노인이 갖추어야 할 덕망이라고 생각한다.

몹시 아플 때는 "내일은 반드시 온다."라는 습관적 착각을 버리고 내일이 오지 않을 수도 있다는, 육신의 삶은 반드시 끝이 있다는 희망(?)을 가지고 불교에서 말하는 방하착(放下着)의 삶을 살면 노화로 오는 모든 어려움을 잘 극복할 수 있으리라 생각한다.

이별(離別)의 노래

하산(下山)하는 길에 잠시 서서 뒤를 돌아보니 내가 올랐던 정상(頂上)이 저 멀리, 아스라이 보인다. 이 자리까지 많이도 내려온 것 같은데 내려가야 할 길을 바라보니 아직도 아득히 멀기만 한 것 같고 밑에는 자욱한 안개까지 드리워져 있는 것 같다.

올라가는 길이 만남과 성취의 길이라면 내려가는 길은 이별과 내려놓음의 길이라고 말할 수 있겠다. 올라가는 길은 힘든 줄 몰랐는데 오히려 내려가는 길이 훨씬 힘이 드는 것 같다. 삶에 지쳐서일까 아니면 노화로 오는 질병의 고통 때문일까?

게다가 그 내려가는 길 끝자락엔 통과하지 않으면 안 되는 안개라는 어려움이 도사리고 있다. 그 안개 때문에 언제 도착할지,

어느 곳으로, 어떤 방법으로 도착할지, 어떤 종류의 고통의 길을 통과해야 할지 전혀 예측이 어렵지만 그래도 완전하고, 아름답게 내려감을 마무리하려면 그 안개를 지혜롭게 통과해야만 한다. 눈으로 볼 수 있는 것이라고는 아무것도 없는 안갯속을 통과할 때는 옳은 길을 찾지 못해 잠시 방황도 하겠지만 마음으로 보면 마지막 이별을 아름답게 마무리할 수 있는 올바른 길이 어느 길인가를 곧 찾을 수 있을 것이라는 생각이 든다.

만남이 있으면 반드시 이별이 있다고 우리는 회자정리(會者定離)라는 말을 곧잘 인용하곤 한다. 인생이란 태어남으로 만났다가 죽음으로 이별하는 긴 여정이 아닌가 싶다. 나는 가끔 이별을 생각하고 가족에게도 이별에 대한 이야기를 자연스럽게 꺼내곤 한다. 물론 내가 말하는 이별이란 죽음을 의미한다. 나는 죽음 예찬론자는 아니지만 육체적이든 정신적이든 심한 고통을 받고 있는 사람들에게 죽음은 하나님이 주신 선물 중 최고의 선물일 수도 있겠다는 생각을 한다. 그들은 죽음이라는 것이 약속되어 있기 때문에 위안을 얻고 현재 받고 있는 고통을 잘 인내하며 살아가고 있을지도 모른다. 죽음이 있기 때문에 탄생은 큰 축복인 것이고 만일 죽음이 없다면 탄생은 최악의 저주가 되리라고 생각된다.

설령(設令) 건강한 사람이라 해도 죽음이 존재하지 않는다고 하는 것이 반드시 축복이라 말할 수 있을지 의문이 간다. 우리 주위에는 의외로 죽음이라는 말에 거부반응을 보이는 사람들이 많다. 『존엄한 죽음』을 쓴 저자의 말을 빌리면 죽음 이야기를 꺼내면 무조건 자녀들은 "아버지 왜 그러세요?", "어디 아프세요?"라고 말하고 부인은 "당신 왜 그래요?", "당신 요즘 이상해요.", "뭐 심사 뒤틀린 일이라도 있어요?"라고 한단다. 그만큼 죽음이란 쉽게 꺼내기가 어려운 말인가 보다. 그러나 가야 할 때를 알고 준비하는 삶은 아름다운 법이다. 어느 해인가 가을이 한참 지나 추운 겨울에 들어섰는데도 누렇게 변한, 바싹 메마른 플라타너스 나뭇잎 하나가 앙상한 나무에 매달려서 매서운 겨울바람에도 이리저리 뱅뱅 돌기만 하며 떨어지지 않으려고 안간힘 쓰는 것을 보고 저렇게도 떨어지기가 싫을까 하고 생각한 적이 있었다. 강을 건널 나이가 꽉 찼는데도, 자기에게는 아직 건강과 세월이 준 지혜와 혜안(慧眼)이 있다며 장수에 좋은 영양제와 장수하는 방법이나 계속 읊조리고 있는 노인의 삶보다, 저녁노을을 붉고 아름답게 물들일 수 있었던 그동안의 삶에 감사하며 이제는 떠나야 할 때라는 것을 인정하고—전적으로 하나님의 권한하에 있는 것이지만—자신의 영혼(靈魂)에게 조용히 언제쯤 떠나는 게 좋을까? 물어보기도 하고, 가족들과 함께하지 못할 시간들을 위해 미리 이별 준비를 하는 삶이 더 아름답다는 생각이 든다.

이별을 생각할 때마다 내가 떠올리곤 하는 잊혀지지 않는 장면이 있다. 헤밍웨이 원작 영화 〈누구를 위하여 종은 울리나〉

의 마지막 이별장면이다. 1940년 스페인 내전을 그린 영화로 내전에 참여한 미국대학 교수인 로버트 조던(게리 쿠퍼)과 독재에 저항하는 게릴라의 일원인 아름답고 청순한 마리아(잉그리드 버그만)와의 사랑을 그린 영화로 작전 중 총상을 입고 죽어가는 조던을 두고 혼자 갈 수는 없다며 떼를 쓰는 사랑하는 마리아를 보내려고 설득하는 조던의 이별의 말이 아직도 내 마음속에 살아있다.

(빨리 떠나)

당신이 가면 나도 가는 거야.

당신이 있는 곳엔 언제나 내가 있어.

당신은 곧 나야. 그러니까 작별 인사는 할 필요가 없어. 우리는 헤어지는 게 아니니까.

나는 가끔, 할아버지가 사랑하는 손자 샘에게 쓴 이별의 편지를 읽어보곤 한다.

내가 세상을 떠나면 네 마음이 아플 것이다. 마음속에 텅 빈 공간도 생길 테고 하지만 내가 앞서서 말했듯이 모든 상처와 아픔은 시간이 지나면 치유된다. 그게 마음이 하는 일이니까. 그래도 너는 나를 그리워하겠지만 네가 나를 떠올릴 때마다 사랑과 행복을 느끼기를 바란다. 아직 너에게 전하지 못한 이야기가 너무 많다. 네가 이 책을 내려놓을 때 너와 내가 서로의 눈을 가만히 그리고 깊이 들여다 본 것과 같은 느낌이면 좋겠다. 그게 너에게 남기는 마지막 선물이다.

-대니얼 고틀립, 『샘에게 보내는 편지』

애달프고 안타깝지만 아름다운 이별 장면들이다. 이렇게 두 이별 장면에서 느낄 수 있는 것처럼 이별은 꼭 슬픔만이 아니라 마음이 깨끗하고 편안해지는 카타르시스로 아름답게 승화(昇化)될 수도 있는 것이다. 나도 마지막 이별을 고할 때까지 의식이 깨어 있어 이들처럼 숭고한 이별을 고할 수 있었으면 좋겠다.

미국에는 죽음을 경험한 임사(臨死) 체험자가 수만 명이 있다고 한다. 하버드 메디컬 스쿨에서 15년간 교수를 역임했으며 『나는 천국을 보았다』의 베스트셀러 저자이면서 세계적인 신경외과 전문의, 그리고 자신도 7일간 임사체험을 한 하버드 대교수인 이븐 알랙산더에 의하면 임사체험을 했던 많은 분들이 공통적으로 "죽을 때는 혼자가 아니고 수호천사라든지 먼저 하늘나라에 간 부모님이나 친지 등 누군가가 마중을 나와 함께해 주었으며, 안개가 낀 것같이 불분명하고 어두운 긴 터널을 지나서 천국같이 아름다운 광명의 세계로 들어갔었다."라고 말한다는 것이다.

이별의 순간에 "내가 너희 거처할 곳을 예비하러 가노니"라고 하신 예수님의 말씀을 잊지 않고 있는 분들도 많이 있을 것이다.

인생의 후반기에 들어서 있다고 스스로 생각하는 분들은 이별 연습을 한 번쯤 해보는 것도 의미 있는 일이 될 수 있다고 생각한다. 어떤 분들은 관에 들어가 죽음을 미리 한번 맞아보는 체험을 한다는 신문기사도 읽은 적이 있다.

관(棺) 속에 들어가서 인생에 마침표가 있다는 것을 확인함으로써 살아있는 순간이 더없이 소중하다는 것을 새삼 깨닫게 되리라는 생각이 들기 때문이다.

오늘도 사랑하는 이들과의 이별연습을 위해서 그리고 나를 지키느라 무던히도 고생했던 나의 수호천사와의 작별연습을 위해서라도 이별의 노래를 불러본다.

기러기 울어대는 하늘 구만리

바람이 싸늘 불어 가을은 깊었네

아아~ 너도 가고 나도 가야지

한낮이 끝나면 밤이 오듯이

우리의 사랑도 저물었네

아아~ 너도 가고 나도 가야지

산천에 눈이 쌓인 어느 날 밤에

촛불을 밝혀 두고 홀로 울리라

아아~ 너도 가고 나도 가야지

내가 좋아하는 시(詩)가 있다

나 없이 내일이 시작될 때
내가 거기에 없을 때
태양은 떴는데 그대의 눈이
나 때문에 눈물에 젖어 있다면

내가 그대를 사랑하는 만큼
그대가 얼마나 나를 사랑하는지 안다네
내 생각을 할 때마다
나를 그리워하리라는 것도

하지만 나 없이 내일이 시작되더라도
이것을 이해해 주기를 바라오
천사가 와서 내 이름을 부르고
내 손을 잡고서 말해주었다네

저 위의 천상에
내 자리가 준비되었다고
내가 사랑하는 모든 이들을
이제는 남기고 가야 한다고

그러기에 이제는

나 없이 내일이 시작되더라도

우리가 떨어져 있다고

생각지 말아 주오

그대가 내 생각을 할 때마다

나는 바로, 여기

그대의 가슴속에 있을 테니까

　　　　-데이비드 M 로마노, 「나 없이 내일이 시작될 때」

　사랑하는 마음에는 영원한 이별이란 존재하지 않는다고 생각하
며 또한 그러한 믿음으로 이별의 노래를 부를 수 있을 것 같다.